사람을 바로보는 참다운 지혜

이상각 엮음

인연을 비껴가지 마라

지혜의 나무

인연을 비껴가지 마라

우화들을 깊이 명상하라. 우화는 문자 그대로를 의미하지 않는다.
명상하지 않으면 그대는 우화의 참된 의미를 놓치고 말 것이다.
우화는 위대한 은유이며 참으로 시적이다.
우화는 논리적이 아니다. 상징적이다. 우화는 뭔가를 암시한다.
선에서 우화는 다음과 같이 위대한 선의 스승 린치의 말을 담고 있다.
"내 손가락을 물어뜯지 말고 내 손가락이 가리키는 곳을 보라."

-오쇼 라즈니쉬

프롤로그   집은 그대 안에 있다

그대의 의식은 자신이 아닌 타인을 지향하고 있다. 왜냐하면 그대는 지금까지 밖으로 나가는 법만을 배워왔기 때문이다. 그대는 자신을 돌아볼 겨를 없이 먼길을 걸어왔다. 그리하여 이제는 언제부터 발을 내딛었는지도, 어디로 가고 있는지도 분별하지 못하고 있다. 단지 눈앞에 있는 타인의 방문만을 습관적으로 두드릴 뿐이다.

"집으로 돌아가라."

그대는 아직도 이 말의 참뜻을 깨닫지 못하고 있다. 자기 내면에 위대한 집을 품고 다니면서도 말이다. 그대는 모든 것을 망각 속에 파묻어 버렸다. 때문에 자갈과 모래와 시멘트 범벅이 되어버린 그대의 모습은 헤아릴 수 없을 정도로 변질되어 버렸다.

어떻게 처음으로 돌아갈 수 있을까? 느껴 보아라. 지금 그것은 희뿌연 안개일 뿐이다. 비와 천둥과 바람을 머금은 구름덩이이다. 그 뒤에는 빛이 있다. 그대의 집이 있다. 운무를 치우려 하지 말라.

그것은 허상이다. 그대의 집으로 돌아가는 길은 열려있다. 단지 그대가 돌아서기만 하면 되는 것이다.

집으로 돌아가라. 마음의 후진기어를 넣어라. 나아가지 말고 되돌아가라. 그곳에 자신의 집이 있다.

헨리 포드의 자동차도 처음에는 그대와 마찬가지였다. 그가 자동차를 발명했을 때는 후진기어가 없어서 많은 문제를 일으켰다. 뒤로 가고 싶을 때마다 불필요하게 먼길을 돌아가야 했기 때문이다. 뒤로 바로 갈 수는 없을까? 필요가 있으면 방법은 분명 있는 것이었다. 그래서 그의 자동차에는 후진기어가 만들어지게 되었다.

그대의 마음속에도 후진기어가 필요하다. 그러므로 후진기어는 분명히 존재한다. 그런데도 그대가 뒤로 바로 가지 못하는 이유는 그것을 잊었던 탓이었다.

이제 그 안으로 들어가라. 명상하라. 생각은 밖으로 나가는 것이고 명상은 안으로 들어가는 것이다. 그러므로 그대여, 생각하지 말라. 그것은 자신을 아주 먼 곳으로 유랑하게 만든다. 그러나 생각을 버리면 그대 자신이 돌연 안에 존재함을 느끼게 된다.

생각은 욕망이요, 그 욕망은 전진기어이다. 그것은 밖으로 뛰쳐나가기 위해 욕망과 사념에 불을 당긴다. 그리고 액셀레이터를 최대한으로 밟도록 부추긴다.

그러므로 안으로 들어가라는 말은 진짜 안으로 들어가라는 뜻이 아니다. 그것은 그대가 밖으로 나가는 것을 멈추라는 뜻이다. 밖으로 나가는 것을 멈출 때 그대는 돌연 안에 있는 자신을 발견할 것이다.

어디로도 떠나지 말라. 단지 침묵 속에서 불거져 나오는 지독한 욕망과 사념, 추억과 상상 따위의 마음과 정면 대결하라. 그들을 다시는 돌아올 수 없는 심연으로 쫓아내 버려라.

그 방법의 핵심은 무심이다. 그것이 그대의 무기이다. 침묵 속에서 그들을 관조하라. 그러면 자신의 안으로 깊이깊이 들어갈 수 있다.

'타인은 지옥이다.' 사르트르의 이 말은 분명 일리가 있다. 생각이란 항상 타인을 개입시키기 때문이다. 하지만 무심의 상태에서는 완전한 홀로임을 알라. 그것은 순수하다. 그것은 자유이다. 그리고 천국이다.

그 반대는 지옥이다. 그러므로 지옥을 만드는 것은 그대 자신이다. 그 안에서 고통이 일어나고 비극이 잉태된다. 그리고 그것은 부실한 몸에 암이 퍼지듯 순식간에 확산되는 것이다.

현재를 보라. 그대가 고통의 지옥에서 벗어나려면 살아있는 지금의 삶을 기쁨의 낙원으로 만들어야만 한다. 다음 생이나 다음 세상을 꿈꾸지 말라. 그 마음이 그대를 밖으로 내모는 주범이다.

존재하는 이 순간의 행복은 그대가 있음으로써만 가능하다는 진실을 인정하라. 스스로의 존재를 믿어라. 누구도 그대의 것을 빼앗아갈 수 없다. 그대가 내어주지 않는 한. 이 사실을 긍정한다면 그대는 훨씬 더 행복해질 것이다.

차례

마음을 내다 버려라. 겁쟁이가 되지 말라

한 시골 사람이 처음으로 기차 여행을 하였다. 머리에 짐 보따리를 이고서 열차에 올라탄 그는 생각했다.

'이 짐 보따리를 내려놓으면 너무 무거워서 기차가 가기 힘들겠지.'

이렇게 해서 그는 기차가 목적지에 도착할 때까지 무거운 짐 보따리를 이고는 끙끙거리며 서 있었다.

마음은 이처럼 불필요한 짐이다. 그 짐을 이제 내려놓아라.

보라. 나무는 마음 없이 존재하지만 어떤 인간보다 굳건하고 아름답다. 새들은 마음 없이 존재하지만 언제나 즐겁게 지저귀고 있다.

눈을 들어 해맑은 어린이들을 보라. 그들 역시 마음 없이 존재하지만 어느 성자가 그들을 부러워하지 않을 것인가?

마음을 내려놓아라. 그렇게 되면 그대는 드넓은 창공을 향한 날개를 다는 것이며 대지에 중심을 잡는 튼튼한 뿌리를 얻게 되는 것이다.

사람은 누구나 신을 잉태하고 있다. 신의 씨앗은 이미 거기 있는

데 그대는 너무나 오랫동안 그것을 갖고 있기만 했다. 그리고 그 사실을 망각했다. 태어나야 할 아기가 아홉 달이 넘고 열 달이 넘어버린다면 어머니는 생명을 보전할 수가 없는 것은 뻔한 이치이다. 어머니는 마침내 죽고 말 것이다.

그대도 이와 같다. 그대들이 안고 있는 수많은 불안과 고통, 초조와 번민은 아직 뱃속에 담고 있는 진리를 꺼내보지 못하고 있기 때문이다. 이제 자신의 잔을 비워라. 그 잔을 깨어버려라.

일본의 대선사 난닌이 한 철학 교수의 방문을 받았다. 그는 이 고승에게 선에 대하여 묻기 위해 왔다. 난닌은 그 교수에게 차를 따라 주었다. 그런데 찻잔이 넘쳐흘러도 난닌은 따르는 행위를 멈추지 않았다. 교수가 놀라서 소리쳤다.

"스님, 그만 하십시오. 잔이 넘치잖습니까?"

그러자 난닌이 눈을 들어 말했다.

"이 잔과 마찬가지로 그대의 머릿속은 온통 하잘것없는 생각과 견해로 가득 차 있다. 얻고자 하는 이가 자신의 잔을 먼저 비우지 않는데 내가 어찌 선을 따라 줄 수 있겠는가?"

철학자들은 소위 지성과 추론, 사고, 논쟁 등에 오염되어 있다. 그러므로 그들의 가슴은 항상 닫혀 있다. 그런 상태에서는 존재 자체와 사랑할 수 없다.

이처럼 그대 자신이 열려있지 않는다면 존재계로 들어가는 문 역시 열리지 않는다. 진리의 문은 폭력이나 공격적인 무엇으로도 열리지 않는다. 단지 비움으로써만 그 문을 통과할 수 있다. 이솝 우화에 나오는 여우처럼 뚱뚱한 몸으로는 담장 건너편에 익은 탐스런 포도를 먹을 수가 없다.

난닌의 말은 잘 갈린 칼과도 같다. 철학교수는 그의 일격에 피흘리고 쓰러지고 말았다. 그대 또한 예외일 수 없다. 그대는 자신의 교수이며 자신의 논리를 고수하고 있기 때문이다.

이 때문에 그대의 눈은 제대로 볼 수 없고 그대의 예지는 자신의 앞길에 캄캄하다. 생각이 많으면 많을수록 그대와 진리는 더욱 멀리 뒷걸음친다.

그대는 지나치게 많이 알고 있다. 그 무거운 짐을 이고 그대는 기차에 오르려 한다. 그리하여 목적지에 도달하기 전에 지쳐 쓰러지고 말 것이다.

그대는 날 수 없다. 비상할 수 없다. 뿌리를 내릴 수도 없다. 자유롭지 못한 물은 그 자체에서 악취를 내며 썩어간다. 이것이 누구의 모습이라고 생각하는가?

명심하라. 어린이와 같은 순수함으로 진리를 찾아야만 그대는 목표에 도달할 수 있다. 거울처럼 맑고 맑게 자신을 갈고 닦아야만 내면의 씨앗을 발아시킬 수 있다. 이것이 내가 말하는 명상이다.

아라비아의 로렌스가 열 두 명의 아라비아인들을 데리고 프랑스에 갔다. 그때 프랑스에서는 커다란 전시회가 열리고 있었으므로 그는 미개한 아라비아인들이 문명의 참모습을 보고 깨어나기를 바랐던 것이다.

그런데 아라비아인들은 호텔의 목욕탕을 보자 전시회는커녕 한 발자국도 밖으로 나오려 하지 않았다. 그것은 당연했다. 그들은 물이 부족한 사막에서 살던 사람들이었기 때문이다.

그들은 너무나 기쁜 나머지 문명 세계의 대표격이었던 프랑스의 건물이나 문화, 사람들 따위에는 아무런 관심도 없었다. 그들은 로렌스에게 떠밀려 밖에 나가서도 오로지 목욕탕만을 생각했고, 일과가 끝나 호텔에 돌아오기가 무섭게 물 속으로 첨벙 빠져들곤 했다.

드디어 정해진 날짜가 되어 그들은 본국으로 돌아가게 되었다. 로렌스는 수속을 위해 미리 공항에 나와서 그들을 기다렸다. 그런데 비행기를 탈 시간이 거의 다 되었는데도 아라비아인들이 나타나지 않았다.

초조해진 그는 이리저리 찾아 헤매다가 그들이 아직도 목욕을 하고 있을 것이라는 생각이 들었다. 다급히 호텔의 목욕탕으로 달려가 보니 과연 그들이 있었다. 그런데 그 아라비아인들은 모두가 달려들어 벽에 달린 수도꼭지를 떼내려고 안간힘을 쓰고 있는 중이었다. 로렌스가 어리둥절해서 물었다.

"아니, 자네들, 대체 여기서 뭐하는 건가?"

그러자 사람들이 이구동성으로 대답했다.

"이걸 가져가 사막에서 목욕을 하려구요."

그대는 근원을 찾아가야만 한다. 수도꼭지의 뒤에 있는 수도관과 그 물을 공급하는 정수장, 그 물의 원천인 강물을 인식해야만 한다. 아무 짝에도 쓸모 없는 수도꼭지를 떼어간들 사막에서 그것을 무엇에 쓸 수 있단 말인가.

두려워하지 말라. 겁쟁이가 되지 말라. 명상은 끝이 아니라 시작이다. 그 안에 들어가면 그대는 금방 그것을 깨닫게 될 것이다. 명상은 본질을 찾아가는 길, 고향을 찾아가는 길이므로……

인연을 비껴가지 말라. 결코 회피하지 말라

한 노인이 새벽에 산책을 하고 있었다. 그런데 어느 오두막집에서 어떤 여인이 늦잠 자는 자식을 깨우고 있었다.

"그만 일어나거라. 아직도 한밤중인줄 아니? 지금은 아침이란 말야."

하지만 아무런 반응이 없었는지 여인은 큰 소리를 질렀다.

"빨리 안 일어날래? 너는 너무 오래 잤어. 벌써 해가 중천에 떠올랐단 말야."

산들바람이 불어오는 새벽, 얼굴도 이름도 알 수 없는 그 여인의 말이 노인에게 비수처럼 날아왔다. 잠시 걸음을 멈추었던 노인의 눈빛이 빛났다. 그는 다시 걷기 시작했다. 그런데 그의 목적지는 집으로 돌아가던 평소와는 달랐다. 그가 도착한 곳은 마을 밖 사원이었다. 그 안에 들어간 노인은 고요히 명상에 잠겼다. 한참 후 이 소식을 들은 가족들이 달려와 집에 돌아갈 것을 권했다. 그러자 노인은 두 눈을 부릅뜨고 소리쳤다.

"지금은 아침이야. 이젠 밤이 지났고 나는 잘 만큼 잤다. 이제 나를 이해하거라. 제발 혼자 있도록 내버려두어라. 나는 잠에서 깨어나야 한다. 죽을 날이 머지 않았어. 그때까지 나는 깨어나야만 해.”

그 후 노인은 그 오두막집을 지날 때마다 엎드려 절을 했다. 노인의 눈에 초라한 그 집은 신성한 사원이었으며 그 집의 평범한 아낙네는 그를 깨우쳐 준 위대한 스승이었던 것이다.

혜능은 중국 광동 사람이다. 세 살 때 부친을 여읜 그는 집안이 가난하였으므로 날마다 산에 가서 나무를 해다 팔면서 모친을 봉양하였다.

어느 날 저녁때였다. 그가 시장에 갔다 오는데 길가에서 어떤 사람이 금강경을 독송하고 있었다. 그 사람은 평생 동안 금강경을 그렇게 독송하였다. 그것은 이젠 버릇이 되어 앵무새와 마찬가지였다.

그런데 혜능은 지나가면서 그 사람이 외우고 있는 금강경의 단 네 줄만을 들었다. 한데 혜능은 그 순간 놀라서 밤이 새도록 그 자리에 서 있었다고 한다. 그가 이전에 깨달음에 대한 열망이 있던 것도 아니었다. 그는 보통 사람이었던 것이다.

아침이 되자 그는 완전히 다른 사람이었다. 그는 그 길로 산에 들어갔다. 그 밤의 깨달음으로 세상과 무관해진 것이었다.

혜능은 선의 5대 조사인 홍인 대사를 찾아가 방앗간에서 일했다. 홍인의 제자들은 무지한 나무꾼에 불과한 그를 몹시 경원하였지만 그는 묵묵히 자신의 깨달음을 정화시키며 그들보다 더 높은 경지에 도달하였다.

결국 그는 홍인 대사의 수제자였던 신수를 물리치고 의발을 전수

받아 선의 6대 조사로서 만방에 선법을 크게 떨쳤다.

　그럴 수 있을까? 가능하다. 왜냐하면 그는 순수한 사람이었기 때문이다. 때로는 평범한 사람의 말 한 마디가 그처럼 맑은 토양에 내려앉아 찬란한 꽃을 피운다.

　하찮은 지식에 매인 사람들, 진리의 눈을 뜨지 못한 어리석은 사람들은 삶을 정면으로 보지 못한다. 있는 그대로 보라. 들리는 그대로 이해하라. 결코 포기하지 말라. 지혜로운 사람은 결코 포기하지 않는다.

강한 사람이 되어라. 그것이 깨달음의 동력이다

미국의 한 노부부가 파리 관광에 나섰다. 세느 강과 몽마르트의 언덕, 에펠탑 등 파리의 명소를 한참 둘러본 남편이 감회 어린 표정이 되어 말했다.

"여보, 참 많이 변했어. 50년 전의 파리는 이렇지 않았는데……. 그때는 낭만이 있었지. 지금은 너무나 삭막하군."

그러자 부인이 웃으며 대답했다.

"그게 아니에요. 파리는 예전과 달라진 게 없어요. 단지 당신과 내가 나이를 먹었을뿐이라구요. 저 젊은이들 좀 보세요. 우리 젊었을 때와 뭐가 다른가요? 지금 저 애들에게는 파리가 너무나 낭만적인 도시란 말이에요."

구하는 사람에게는 모든 시대가 다 똑같다. 마찬가지로 구하지 않는 사람에게도 모든 시대가 다 똑같다. 그러므로 그대여, 시대를 탓하는 것은 우둔한 짓이다. 모든 결과는 오로지 자신의 구함에 달려있는 것이다.

부처가 살던 시대에도 깨닫지 못한 수백만의 백성이 있었다. 깨닫지 못한 수천 명의 수행자들이 있었다. 다시 말해서 부처는 단 한 사람이었을 뿐이다. 그러므로 당신은 주변에서 어떤 상서로운 징조나 분위기가 있을 것이라고 생각지 말라. 시간은 항상 똑같이 당신에게 다가오고 스쳐 지나간다. 다른 모든 사람들에게도 마찬가지이다.

사람들은 종종 자기들의 시대에 대해서 말한다. 그 때만이 가장 아름다운 시기였다고……. 하지만 그것은 실로 황당무계한 허언에 지나지 않는다. 우리 또한 나이가 먹으면 손자 손녀들에게 이렇게 늘어놓을는지도 모른다. 우리 어렸을 때가 참 좋았노라고…….

우리들은 현재의 시대만이 가장 의미 있다고 여긴다. 그리하여 다음 세대의 아이들에 대하여 눈을 가늘게 뜨고 바라본다. 그것은 어쩌면 성경에서 말하는 최초의 인간 아담과 이브도 마찬가지였을 것이다.

하지만 들어라. 시간은 그 누구도 포착하거나 오염시킬 수 없다. 무엇인가 그대의 손안에 들어왔다고 느끼는 순간 시간은 이미 역사의 물결 속으로 자취를 감추고 만다. 그런 까닭에 수부티가 이렇게 묻자 부처는 대답하였다.

"세존이시여. 미래에도, 마지막 시대에도 올바른 가르침이 무너지는 마지막 5백년 대에도 진리를 이해할 사람이 있겠습니까?"

"수부티여, 그렇게 말하지 말라. 그 시대에도 진리를 이해하는 사람이 있을 것이다."

부처는 또 이렇게 말했다.

"한 오라기의 고요한 믿음만으로도 인간을 변화시키기에 충분하다."

믿음이란 대개 두려움이다. 신 앞에 고개를 조아리는 사람들은 대부분 겁에 질려 있다. 죽음을 두려워하며 어떤 도피처를 원하는 사람들, 죄를 고백하며 용서를 구하는 사람들, 그들은 이미 사라져간 사람들의 공덕을 입으려고 애쓰고 있다. 그들은 자신을 믿지 못한다. 때문에 누군가의 도움이 필요하다. 그래서 종교인이 된 것이다.

그러나 그런 두려움으로는 결코 자신의 실체를 찾지 못한다. 잘못된 길 위에 서 있기 때문이다. 진리는 결코 두려움을 통해서 이를 수 없다. 오로지 자신에 대한 확신, 자신의 전 존재에 대한 극적인 믿음이 수반되어야 하는 것이다.

그러므로 강한 사람만이 진리에 가깝다. 그는 자신을 믿기 때문이다. 그는 미지의 세계를 여행할 준비가 되어 있다. 그 위험스런 전진이야말로 그의 삶에 빛을 비추어준다.

고요한 믿음을 믿어라. 선택이 아니라 이해에서 비롯되는 믿음. 그것만이 욕망을 이기고 지혜롭게 자신을 찾아 나아가는 바탕이 된다.

선택을 잊어라. 아무 것도 선택하지 말라. 다만 고요하게 깊은 명상의 세계에 잠겨들라. 그리하여 아무런 상념조차 떠오르지 않을 때 그대는 어떤 결정이 돌연 자신에게 있음을 느낄 것이다.

평범 속에 비범이 있다. 웃어라

아씨시의 성 프란시스가 임종을 맞고 있었다. 그런데 그는 죽음이 코앞에 다가와 있는데도 아무렇지도 않은 듯 침상에 누워 노래를 불렀다. 그 노래 소리가 어찌나 컸던지 이웃 사람들이 다 잠에서 깰 정도였다. 그러자 수도회의 일원인 엘리아스 형제가 황급히 달려와 그를 만류했다.

"신부님, 밖에 사람들이 많이 와 있습니다"

사람들이 성 프란시스의 마지막이 다가온 것을 슬퍼하며 창문 밖에 모여들었던 것이다. 엘리아스 형제는 걱정스러운 표정으로 말했다.

"신부님, 저들이 노래 소리를 들을까 걱정됩니다. 이처럼 엄숙한 시간에 경솔하게 처신하신다면 수도회의 입장이 난처해질 것입니다. 성자로서의 위엄을 갖추어 주십시오."

그러자 성 프란시스는 환하게 미소 띤 얼굴로 말했다.

"미안하네, 형제여, 하지만 나는 가슴 깊은 곳에서 솟아오르는 기쁨 때문에 견딜 수가 없다네. 노래를 부르지 않고서는 말이야……."

성 프란시스는 기독교 역사상 유일하게 노래를 부르며 죽음을 맞이한 인물이다. 그는 분명 기독교인이 아니라 선사였을 것이다. 그렇지 않다면 기독교가 가지고 있는 권위에 대해서 그처럼 초연할 리 없었으리라.

기독교는 웃음을 격이 떨어지는 행위로 본다. 예수가 웃는다면 그처럼 인간적이며 평범한 행동에 등을 돌릴 것이다. 그들의 의식 속에 신은 분명 인간 이상의 모습이라야만 한다. 때문에 신에게서 인간적인 면은 남김없이 깎아 내야만 한다. 피 한 방울 흐르지 않는 신의 모습만이 그들에게 필요한 것이다.

엘리아스 형제는 성 프란시스에게 그것을 원하고 있었다. 그는 정치가이며 여론선동가이다. 그의 관념으로는 성자로 추앙받는 스승이 성스럽게, 위대한 표정으로 살아있는 사람들에게 잊지 못할 유언을 남기며 세상을 떠나야만 하는 것이었다.

그러나 성 프란시스는 그럴 의향이 전혀 없었다. 그는 너무나도 인간적이었다. 그리하여 자신의 행복한 임종을 내면에서 맞이하고 있었던 것이다.

노래를 부르며 죽는다는 것, 그것은 그가 노래하는 삶을 살았다는 반증이다. 죽음은 그 삶의 절정이 아닌가. 그러므로 그는 노래 부르지 않을 수 없었던 것이다.

사랑이란 서로에게 주의를 기울이는 것이다. 한데 많은 사람들이 이것을 잊고 있다. 수많은 사람들이 사랑 없는 빈 가슴으로 살아간다. 그러면서도 그들은 누군가가 자신을 깊이 사랑하고 있다고 오판

하고 있다.

정치인들은 그 대표적인 모델이다. 그들은 나라 전체가 자신들에게 관심을 기울이고 있다고 착각하고 있다. 하지만 실제로 그 누구도 정치인들을 사랑하지 않는다. 사람들이 그들의 뒤를 쫓고, 그들의 목소리에 귀 기울이는 것은 그가 앉아있는 자리 때문이다. 그러므로 일단 그가 자리에서 물러나면 사람들은 그 인간이 어디에 있든지 신경도 쓰지 않는다. 새로운 사람이 그 자리에 앉아 있을 것이므로……

그렇다. 정치인들은 권력이란 몽상 속에서 사랑의 끈을 부여잡고 있는 것이다. 실제로 그들은 사랑할 능력도 사랑 받을 능력도 없는 부류들이다. 그들은 사랑을 추구하지만 아주 묘하게 뒤틀려있다. 때문에 그들은 타인들의 관심을 확인하기 위해 날마다 수십여 종의 신문을 들여다본다. 그 안에 자신의 사진이 실려있는가를 확인하는 것이다.

분명 그것은 욕구불만의 표출에 지나지 않는다. 갖지 않은 것에 대한 기대, 자신의 가난을 감추어보고자 하는 기대 이외에 무엇이란 말인가.

사랑이란 상대방에 대한 관심이다. 관심은 그림자처럼 사랑의 뒤를 따라다닌다. 하지만 관심이 사랑을 가져오는 것은 아니다. 관심의 방식은 너무나도 다양하다. 그런 관심을 사랑의 이름으로 무작정 덧씌우는 것은 허망일 뿐이다. 그가 어떤 악행을 저질러도 사람들은 그대에게 관심을 가질 것이기 때문이다.

정치가와 범죄자는 그렇게 잘못된 관심의 욕구를 가진 면에서 비슷하다. 그들은 똑같은 욕망을 가지고 있다. 자신들의 이름이 전파를

타야 하며 얼굴이 텔레비전 화면에 비쳐야 안심을 한다. 그들은 유명 인사가 되어야 하고 명성을 날려야만 가슴을 쓸어 내리는 것이다. 하지만 그것이 사랑의 증거가 아닌 것은 너무나도 확실하다.

부처를 보라. 그는 절대적인 사랑이다. 그는 존재계를 사랑하며 존재계도 그를 사랑한다. 그리하여 그는 우주 전체와 오르가즘처럼 황홀한 관계를 나누고 있다. 삼매경, 그것은 부분적인 오르가즘이 아니라 전체적인 오르가즘이다. 그런 엑스타시를 아는 사람은 누구에게도 관심을 요구하지 않는다.

부처의 비범함은 철저한 평범에 있다. 그것이 곧 비범이다. 그에게는 어떻게 살아야 한다는 관념이 없다. 그는 즉흥적으로 반응한다. 무슨 일이 일어나건 그냥 그렇게 일어나는 것이다. 순간에 충실한 삶을 사는 것, 이것이 곧 그대가 웃으면서 임종을 맞을 수 있는 가장 쉬운 길이다.

신성을 부정하라. 의식이란 없다

네 살 박이 여자아이가 침대에 누워 이불을 덮은 후 두 손을 모아 기도하기 시작했다. 그런데 그것은 식사에 대한 감사 기도였다. 문득 실수를 깨달은 아이는 킥킥 웃으면서 말했다.

"이 기도는 취소예요. 예수님."

그런 다음 아이는 다시 잠들 때 하는 기도를 중얼거리기 시작했다.

진정한 의식이란 이런 어린이의 행동이다. 그것은 탐욕에서 비롯된 기계적인 절차가 아니라 진실한 마음에서 우러나오는 천진난만함이다. 자아를 떨쳐버리고, 단순한 의식이나 교리를 떨쳐버리고 의심과 혼란을 지워버리는 그 자리에 참다운 삶이 피어나는 것이다.

어떤 사람이 세상을 떠난 아버지의 명복을 빌기 위해 전통적인 쉬라드 의식을 행하고 있었다. 그것은 망자가 저승길을 편하게 갈 수 있도록 기원하는 의식이었다.

가족들이 한자리에 모여 절차에 따라 경건하게 기도를 하고 있는데 문득 그 집에서 키우는 개가 방안으로 들어왔다. 집주인은 깜짝 놀라 개를 잡아 밖으로 끌고 나가서는 베란다 기둥에 매어 놓았다.

세월이 지나 그가 세상을 떠나자 이번에는 그의 아들이 아버지를 위하여 똑같은 의식을 준비하기 시작했다. 아들은 이 의식을 행하기에 앞서 옛날 아버지가 행했던 절차를 되새겨 보았다.

아버지는 기도를 하다 말고 벌떡 일어나 개를 기둥에 묶은 다음 흐뭇한 표정으로 다시 돌아와 기도를 했었다. 아들은 그런 아버지의 행동이 쉬라드 의식의 중요한 절차 중의 하나라고 믿었다.

그런데 당시 그의 집에는 개를 키우지 않았다. 하는 수 없이 그는 밖에 나가 길거리를 어슬렁거리는 떠돌이 개 한 마리를 힘들여 잡아와서는 베란다 기둥에 매어놓고 의식을 치렀다.

이후 그 집안의 쉬라드 의식에서는 개를 기둥에 매어놓는 절차를 매우 신성한 전통으로 삼았다.

사람들은 이렇게 무의식적으로 살아간다. 무엇이 신성한 행위이란 말인가. 단지 왜곡된 반복만이 남아있을 뿐이다. 거기에는 아무런 의미도 찾아볼 수 없다.

그러므로 예수가 신을 아버지라고 불렀다고 해서 그대도 신을 아버지라고 칭한다면 아무런 가치가 없다. 아버지란 단어에 진정한 의식이 배어있지 않기 때문이다. 그것은 쓸모없는 형식에 불과할 뿐이다. 중요한 것은 가슴속에 일어나는 느낌이다. 그 느낌이 없다면 아버지도 없다. 그것은 이미 죽은 표현이다.

지혜의 눈으로 현상을 보라

수피 신비가인 바야지드에게 한 제자가 와서 물었다.

"선생님, 저는 너무 화를 잘 냅니다. 그런 상태가 되면 저는 미칠 것만 같아서 주체를 할 수 없을 지경이 됩니다. 어떻게 해야만 그런 분노를 극복하고 사라지게 할 수 있겠습니까?"

그러자 바야지드는 제자의 머리를 손으로 잡고 눈을 들여다 보았다. 어색해진 제자가 눈을 동그랗게 떴다. 스승의 행동이 참으로 이상했던 것이다. 한참 동안 그렇게 제자를 관찰한 바야지드가 물었다.

"네 화가 대체 어디 있지? 내 눈에는 전혀 보이지 않는구나."

제자가 어색한 웃음을 띠며 대답했다.

"선생님, 저는 지금 화가 나 있지 않습니다. 그러니 화가 어디 있겠습니까?"

이 말에 바야지드는 엄숙한 표정을 하고 말했다.

"제자여. 항상 가지고 있지 않은 것은 그대의 본질이 아니다. 그것은 단지 하나의 사건일 뿐이다. 그것은 구름처럼 왔다가 구름처럼 가버렸다. 왜 구름 때문에 근심하는가? 너는 언제나 곁에 있는 구름만을 생각하라."

누군가를 돕는다는 것은 너무나 어려운 일이다. 더군다나 그들이 겪고 있는 불행이 사실상 허구임을 안다면 더욱 그렇다. 하지만 그들은 스스로 너무나 고통받고 있다. 그것이 다만 악몽일 뿐인데도 말이다.

그들은 터무니없이 새끼줄을 뱀으로 여기고 가재를 전갈로 생각하며 두려워하고 있다. 이런 사람들을 어찌하면 환상에서 벗어나게 할수 있을까. 사실 그들에게는 아무런 조언도 필요 없다. 그들의 눈에만 보이는 것을 보이지 않게 할 수는 없는 노릇이기 때문이다. 하지만 그들은 지푸라기라도 잡고 싶은 심정이다. 그들은 누구보다도 실제적인 도움을 요구하고 있는 것이다.

진리를 쫓아 헤매는 수행자들도 가끔은 그런 환상에 벌벌 떨곤 한다. 때론 비명까지 지르며 그 위기를 모면하기 위해 허우적대곤 한다. 그들의 마음속에 도사린 병균, 어찌하면 그것을 극복하게 해줄수 있을까.

한 남자가 자기 뱃속에 파리 두 마리가 들어가 있다는 환상에 시달리고 있었다.

그는 잠잘 때 입을 벌리고 자는 습관이 있었는데, 누군가 그의 잠버릇을 지적해 주었다. 그래서 그는 입을 다물고 자기 위해 무던히 노력했지만 잘 되지 않았다. 그러던 어느 날 갑자기 그는 뱃속에서 파리가 윙윙거리며 날아다닌다는 강박관념에 빠져 버렸다.

그는 안절부절하지 못하였다. 파리가 날아가는 방향에 따라 몸을 이리저리 뒤틀었다. 어찌나 신경이 쓰이는지 얼굴이 벌겋게 달아올랐다. 참다못한 그는 병원에 가서 자기 뱃속의 파리를 잡아달라고 부탁하였다. 하지만 의사들은 한결같이 웃으면서 말했다.

"파리는 없습니다. 단지 당신의 상상일 뿐입니다."

불행한 처지에 빠져있는 사람에게 의사들은 아무런 도움도 주지 못했다. 그는 실제로 고통받고 있는데 그게 현실이든 상상이든 무슨 차이가 있단 말인가.

마침내 그는 한 현자를 찾아갔다. 자초지종을 들은 현자는 남자의 배를 어루만지더니 눈을 동그랗게 뜨고 말했다.

"그렇군. 그 놈들이 여기에 숨어 있었군."

이 말을 들은 남자는 기뻐하면서 말했다.

"아아, 이제야 제 고통을 알아주는 분을 만났습니다. 세상의 어떤 의사들도 제 말을 이해해 주지 않았습니다."

그러자 현자가 말했다.

"나는 분명히 알 수 있습니다. 자, 여기 누워서 눈을 감으세요. 그리고 입을 벌리세요. 내가 주문을 외워 그놈들을 불러내겠습니다."

남자는 행복한 표정으로 자리에 누워 입을 벌렸다. 그리고 눈을 감았다. 그 동안 지긋지긋하게 자신을 괴롭히던 파리가 드디어 뱃속에서 나오게 되는 것이었다. 이렇게 준비를 마친 현자는 재빨리 집안으로 들어가 파리 두 마리를 생포했다.

잠시 후 남자가 눈을 떴을 때 병 속에 갇힌 두 마리의 파리를 볼 수 있었다. 그와 동시에 오랫동안 그를 지배하고 있던 두려움과 통증

이 씻은 듯이 사라졌다. 그는 감격 어린 표정으로 현자에게 절하며
부탁했다.

"이 병을 제게 주십시오. 가져가서 병원에 있는 바보들에게 보여주
어야겠습니다."

　상상 속에서 고통받고 있는 사람들을 돕는 것은 어렵다. 왜냐하면
그들의 곤경이란 것이 사실은 허구라는 걸 아는 까닭이다. 그러므로
도움 역시 허구여야 한다. 눈을 감고 그들의 허구 속으로 들어가야만
한다. 허상을 보아야 한다.

성은 자유롭다. 쾌락도 자유롭다

나는 재치기를 반대하는 사람을 만난 적이 있다. 그는 재치기를 할 때마다 자신을 보호하는 주문을 외워댔다. 그는 어리석은 미신으로 가득찬 소규모 종파에 속한 사람이었는데, 그 종파는 재치기를 할 때마다 영혼이 빠져나간다고 믿고 있었다. 그들은 재치기하는 순간에 신을 기억하지 못한다면 영혼이 영영 돌아오지 않는다는 것이다. 재수 없게 재치기를 하다가 죽으면 지옥으로 떨어지고 만다.

인간의 성은 완전무결하게 건강하다. 성은 아름답다. 그런데 사람들은 그 미를 감추기 위해 온갖 방법을 다 동원하곤 한다. 심지어 그들은 성을 자유롭게 느끼고 즐거워하는 것을 죄악시하기까지 한다. 왜 그래야만 하는가.

사람이 어떤 행위나 사물에 특정한 태도를 갖는다는 것은 어떤 식으로든 거기에 집착하고 있다는 반증이다. 어떤 사람은 섹스에 반대한다. 또 어떤 사람은 섹스를 찬성한다. 어떤 사람은 기도를 찬성한다. 어떤 사람은 기도를 반대한다.

그것들은 그들의 각각의 태도이다. 찬성과 반대의 수레바퀴는 항상 함께 굴러간다. 갈매기는 두 개의 날개로 날아간다. 그러므로 그들은 서로 적이 아니다. 한 개의 몸통을 이끌어 가는 동업자이며 친구인 것이다.

선(禪)의 아름다움은 자연스러움에 있다. 그들은 섹스에 관하여 어떤 태도를 갖지 않는다. 선은 철저하게 자연스럽다. 그것이 선의 아름다움이다. 그대는 사람들이 매일같이 마시는 물에 대하여 어떤 관점을 가져야만 된다고 보는가.

이런 것에 대하여 특정한 입장을 고수한다는 것은 미친 짓이다. 인도에서는 세 시간 이상 자서는 안 된다고 생각하는 사람들이 있다. 그들은 사람이 하루에 다섯 시간 이상 자는 잠은 죄악이라고 말할 것이다. 그들은 잠을 필요악으로 여기는 것이다.

나는 십 년 동안 한 잠도 자지 않은 사람을 본 적이 있다. 그들은 그 이유 하나만으로 숭배 받는다. 아무런 창조적 재능도 갖고 있지 않으면서 말이다. 아마 그는 불면증 환자일 것이다. 사실이 그렇다면 재능이란 말도 되지 않는 찬사이다. 기실 그는 자고 싶어도 자지 못하는 가련한 성자인 것이다.

십 년 동안 잠을 자지 못한 사람이 이룬 것은 무엇인가. 아무것도 없다. 그는 다만 비정상적이며 병든 사람이다. 보라. 잠이란 자연스러운 것이다.

사람들은 이렇듯 종종 비창조적인 것을 숭배한다. 병적인 것을 숭배한다. 이것이 사람들이 안고 있는 재앙이다.

이와 마찬가지로 우리 주위에서는 음식에 대해서도 특정한 태도를 고집하는 사람들이 있다. 이것은 먹으면 안 되고 저것은 적당히 먹어야 하며……, 그들은 몸의 요구에는 귀기울이지 않는다. 배가 고프든 말든 금기는 철저히 지킨다. 그것은 관념에 불과하다. 전혀 자연스럽지 않은 것이다. 보라. 식사는 자연스러운 것이다.

선은 자연스러움을 지향한다. 때문에 섹스에 대해서도, 잠이나 음식에 대해서도 아무런 관념이 없다. 왜냐하면 그 자체가 소박하고 단순하기 때문이다. 거기에 무슨 태도를 취할 계제가 전혀 없다. 마치 우리가 재치기에 어떤 태도를 갖지 않는 것과 마찬가지이다.

그대는 어떤 것에 대해서 특정한 태도나 입장을 가질 수 있다. 하지만 그때부터 그대의 순진무구는 깨어진다. 그리고 그 때부터 자신의 태도나 입장이 전체를 조종하기 시작한다. 마음을 움직이는 것은 그대가 아니다. 도둑이 집안에 들어와 주인 행세를 하면 주인은 갈 곳이 없다. 그는 추운 거리에서 헐벗은 채로 죽음을 기다려야 한다.

그러므로 선은 평범을 지향한다. 평범해진다는 것, 그것은 아무런 이념도 특성도 없는 하나의 무(無)가 되는 것이다.

그대에게 어떤 품성이 있다는 것은 그대가 뭔가에 고정되어 있다는 뜻이다. 그것은 곧 교육의 의미이며 과거형이라는 의미이다. 그로부터 자유는 몸을 떠나고 튼튼한 갑옷만이 그대의 전신을 가두게 된다.

인간은 과거로부터 자유로워야 한다. 과거는 그대의 눈길을 고정시키고 이끌어간다. 그러므로 진정한 인간은 품성을 갖지 않는다. 상

황에 대하여 즉흥적이고 자발적으로 행동할 수 있는 사람이 되는 것
이다.

선에는 아무런 신념 체계가 없다. 그러므로 성에 있어서도 마찬가
지다. 그것이 궁극이다.

'그런데 왜 탄트라는 성에 대해 특정한 태도를 갖는가?'

그대는 이렇게 묻는다. 그러므로 나는 이렇게 대답한다.

'그것은 균형의 문제이다. 그대는 너무나 왼쪽으로 기울어 있다.
탄트라는 그런 그대를 오른쪽으로 기울게 하여 균형을 찾게 하려는
것이다.'

세상은 너무나도 억눌려 있다. 그리하여 삶을 부정하고 쾌락을 거
부한다. 그들은 섹스를 죄악시하고 있다. 대체 무슨 까닭인가? 여기
에는 하나의 음모가 도사리고 있다. 사람들에게 성적인 쾌락을 허용
하면 노예화하기가 불가능하기 때문이다. 노예는 슬픈 마음을 가져
야만 가능하다. 즐거운 사람은 결코 노예가 되지 않는다.

성에 억눌린 사람은 파괴적이 된다. 그는 창조적인 일을 하지 못
하기 때문에 반대로 죽음과 멸망을 원한다. 그들은 적을 찌르면서 성
적인 삽입의 쾌감을 얻는다.

그것이 사랑이었다면 아름다운 경험일 것이다. 그것은 영적인 체
험이기 때문이다. 그런데 그는 거꾸로 추악한 폭력으로 그것을 대신
한다.

만일 세상이 쾌락에 대해 전적으로 자유를 허용한다면 아무것도
파괴되지 않을 것이다. 아름답게 사랑할 수 있는 사람은 파괴적이지
않다. 창조적인 즐거움을 만끽하고 있는데 세상을 공격할 시간이 생

겨날 수가 없기 때문이다.

그들은 삶을 경쟁하지 않는다. 즐거움이 있는데 더 이상 무엇이 필요하겠는가. 모든 것은 즐거움을 향해 있는 것이 아닌가?

만족하지 못하는 사람들만이 경쟁한다. 그들은 삶이 이편이 아니라 저편에 있다고 믿는다.

자연스럽게, 그리고 평범하게 세상을 보라. 섹스를 즐기고 잠을 자라. 만족하라. 천국이 여기에 있다.

그대의 미소가 가장 아름답다

수피의 한 스승이 사람들 앞에서 이렇게 말했다.

"삶은 완벽하다. 모든 것이 완벽하다. 모든 인간은 완벽하다."

그러자 한 꼽추가 벌떡 일어나 그에게 삿대질을 하며 말했다.

"뭐라고요? 모든 것이 완벽하다고? 나를 보시오. 내가 바로 당신 말에 대한 완벽한 반증이오. 이 추하고 힘겨운 꼽추의 모습이 완벽하단 말이오?"

그러자 스승은 물끄러미 그를 바라보더니 입을 열었다.

"그렇소. 당신은 지금까지 내가 본 사람 중 가장 완벽한 꼽추요."

삶을 있는 그대로 바라보면 모든 것이 완벽해진다. 반드시 이래야만 한다는 관념을 버리면 불완전한 것도 완벽해지는 것이다.

이 말은 무슨 뜻인가? 삶에 대해 개인적인 견해를 적용시키지 말라는 말이다. 자신의 완벽에 대한 관념을 삶에 끌어들여선 안 된다. 그렇게 되면 처음부터 불완전한 모습이 되고 만다.

미남의 조건이 다비드가 될 수 없다. 미소의 조건이 모나리자의 표정이 완전한 것은 아니다. 흑인종은 흑인종의 모습대로, 황인종은 황인종의 모습대로, 백인종은 백인종의 모습대로 나름의 완전함이 있다. 다비드가 최고의 미남의 조건이라는 것은 세상의 불완전한 관념이 만들어낸 것이다. 누가 보아도 그렇지 않은가?

비교하지 말라. 판단하지 말라. 그것은 불행의 원천이다. 인생을 재판관의 눈으로 보지 말라. 인생을 재판할 수 있는 사람은 어디에도 없다. 하물며 신이겠는가.

구름 한 점 없는 푸른 하늘을 보라. 깨끗함이 백색만은 아니다. 그런 빈 마음으로 삶을 관조하라. 그러노라면 돌연 완전한 삶이 축복처럼 그대의 전신을 휘감을 것이다.

거듭나라: 그대는 부활하는 사람이다

거짓을 진실로 받들고
진실을 거짓으로 여기면
이는 그릇된 소견이라
그대는 가슴을 무시하고
욕망으로 자신을 가득 채우는구나.

우리들은 어린 시절부터 숱한 거짓을 배워왔다. 선입견, 이데올로기, 종교, 철학 등등. 이 모든 것들이 여태까지 우리들을 잘못된 길로 인도하였다.

거짓들은 우리로 하여금 진리를 발견하지 못하게 하는 주범이다. 진리는 분명히 존재한다. 그런데 우리는 그 동안 안개 속을 허우적거리는 것처럼 진리의 물방울을 찾아 방황하였다.

명심하라. 그대가 진리를 알기 위해 종교에 귀의할 필요는 없다. 왜냐하면 진리는 관념이 아니기 때문이다.

우리들은 참으로 많은 진리에 대한 관념을 가지고 있다. 성경에서, 코란에서, 베다에서……. 바로 이것이 문제이다. 관념은 진리가 아니다. 진리는 관념을 갖고 있지 않다.

그러나 부모, 사회, 국가, 교회, 교육 제도 따위들은 모두 거짓에 의존한다. 그들은 무기력한 어린아이들을 거짓의 말로써 세뇌시키고 있다. 순진무구한 어린아이들은 그것이 생존의 문제이기 때문에 그대로 따른다.

아이들은 원하든 원치 않든 하나의 종교에 떠밀려 들어가야만 한다. 그리하여 순수의 방울은 깨어지고 어리석은 관념론자들이 양산되고 마는 것이다.

결국 아이들은 존재하는 것을 보지 못하고 존재하지 않는 것에 시선을 돌린다. 그리하여 또 하나의 희생양이 태어난다.

그러므로 예수가 니고데모에게 말했다.

"거듭나지 않는 자는 신의 왕국에 들어갈 수 없나니."

이 말은 잃어버린 본성을 되찾으라는 뜻이다. 더럽혀진 자신의 진정한 내면을 바라보라. 지금까지 배워온 모든 것을 버리고 순진무구의 상태로 돌아간다는 것, 더럽혀지기 전의 어린이의 모습으로 돌아가는 것. 그것이 진리로 향한 길이다. 그대여. 거듭나라.

마음을 버려라. 그리고 가슴으로 행동하라. 마음은 욕망 외에 아무것도 아니다. 하지만 가슴은 욕망을 모른다. 모든 욕망은 생각하는 머리에서 나오기 때문이다. 가슴은 현재에서 고동친다. 그것은 과거를 모른다. 오로지 현재뿐이다. 따라서 가슴은 과거에 오염되지 않는다.

왜 가슴이 필요한가. 어린아이들은 가슴을 통해 움직인다. 그것은 맑고 산뜻하다. 우리들은 어린아이들을 보면 저도 모르게 미소짓는다. 오염되지 않는 순수. 언젠가 한번은 겪었던 그 고향을 되새기기 때문이다.

아이들은 자라면서 행동의 주체가 가슴에서 머리쪽으로 이동한다. 학교가 그렇게 가르치고 세상이 그렇게 가르친다. 그것이 완전으로 가는 길이라고 주입시킨다. 그리하여 아이들은 차차 모든 에너지를 머리에 집중하게 되고 드디어는 학문적인 쓰레기더미가 최선인 양 믿게 되는 것이다.

이렇게 오늘에 이른 그대는 꽤 많은 것을 알는지도 모른다. 하지만 그것은 거짓투성이의 학문이다. 그것은 인류에 봉사하는 도구가 아니라 권력에 봉사하는 시종의 역할을 할뿐이다. 그리하여 그것은 그대는 물론이고 주변의 모든 사랑을 파괴하고 논리를 강요한다.

이것은 분명 범죄이다. 그대는 사랑보다 논리가 중요하다고 생각한다. 보라. 마치 수레 뒤에 황소를 매놓은 꼴이 아닌가.

이렇게 해서 그들의 왜곡 작전은 어느 정도 성공한 것처럼 보인다. 그들은 마음을 이용하여 인간과 신의 연결고리를 거의 절단시켜 놓았다. 하지만 많은 가슴들이 그들과 싸우고 있다. 부처가 그들과 싸우고 있다. 장자가 그들과 싸우고 있다. 예수 또한 그러하다. 그들은 가슴의 대표선수로서 그대를 진리의 바다로 이끌어낸다. 왜냐하면 그곳은 그대의 고향이기 때문이다.

진리로 가는 여행의 시작은 무엇인가. 그것은 거짓을 거짓으로 보는 데서부터이다. 그렇다면 참을 참으로 볼 수 있는 것이다. 때문에 부처나 예수나 모하메드 등등의 모든 가슴들은 모두 현실을 부정한다. 파괴한다.

부처는 이렇게 말했다.

"베다와 우파니샤드에는 진리가 없다. 아름다운 말을 경계하라. 철학적 사색을 조심하라. 논리를 갖고 따지는 것으로 시간을 낭비하지 말라. 침묵하라. 머리 속에서 베다를 내던져라. 그래야 침묵할 수 있다."

예수는 이렇게 말했다.

"과거에 너희들은 이에는 이, 눈에는 눈으로 맞서라고 들어왔다. 그러나 나는 말하노니 한쪽 뺨을 때리면 다른 쪽 뺨마저 내밀라. 외투를 빼앗아 가면 셔츠까지 벗어 주라. 너희에게 십 리를 함께 가자고 강요하는 사람이 있으면 이십 리를 함께 가라."

모하메드는 삼백육십오 명의 신이 모셔져 있는 카바 사원의 모든 우상을 파괴했다.

그대는 거짓을 거짓으로 들어야 한다. 모든 것이 허위임을 알면 그대의 의식은 진리를 볼 수 있다. 본성을 따라가는 것, 그것은 스스로 가슴의 사람이 되는 것이다. 그러므로 지금 그대에게 가장 필요한 말은 이것이다.

"네티, 네티(이것도 아니고 저것도 아니다)!"

마음의 쓰레기를 집어 던져라

아무리 많은 경전을 읽어도
아무리 많은 말을 해도
그것을 행동으로 옮기지 않는다면
무슨 소용이 있겠는가.

그대는 여러 집회에서 종교적이고 영적인 쓰레기들을 배울 수 있다. 그런 장소에서는 쇠똥을 밟아도 진지한 표정으로 '환상적이군요.'라고 표현한다. 하지만 그런 이야기들은 증명할 수도 반박할 수도 없다. 가치 없는 지식들.

고등학교 동창생인 두 여인이 오랜만에 만나 이야기를 나누고 있었다. 그 중에 한 여인이 자신의 결혼 생활에 대하여 자랑하기 시작했다.

"나는 보석을 닦을 필요도 없어. 더러워질 만하면 남편이 새 것을 사다 주거든."

그러자 친구가 웃는 얼굴로 대답했다.

"그거 참 환상적이구나."

"차도 마찬가지야. 내가 싫증을 낼 만하면 꼭 새 것을 뽑아 주거든."

"정말 환상적이네."

"그리고 우리 집도 치장을 할 필요가 없어. 남편이 대신 다 해주거든."

"그래? 야, 참 환상적이야."

친구의 대답을 듣고 있던 여인은 문득 자랑을 멈추고 되물었다.

"참, 내 이야기만 계속하고 있었네. 너는 요즘 어떻게 지내?"

"응, 나는 요즘 화술 학원에 다니고 있어."

"거기서 뭘 배우는데?"

"응, 거기선 '웃기고 있네'란 말을 '환상적'이란 표현으로 바꾸어 말하는 법을 가르쳐 줘."

그대는 부처나 예수, 크리슈나, 모하메드의 말을 심각하게 받아들이지 말라. 중요한 것은 그들의 말에 담긴 진실성을 알고 행동으로 옮기는 것이다.

그들의 진실성이 그대의 가슴에 파고든다면 그대 가슴속에는 종소리가 울려 퍼진다. 그 종소리를 따라 더욱 깊이 들어가면 진리의 빛이 보이리라. 그것은 죽음과 불행을 넘어서는 오직 하나의 길이다.

관심을 버려라. 사랑은 거래가 아니다

네가 미래에 무엇이 될지는 네가 성장한 다음에 스스로 결정하라.
네가 무엇이 되든지 나는 너를 사랑하고 축복하겠다.
네가 한 나라의 주인이 되어야만 사랑하고 평범한 목수가 되면 부끄럽게 생각하는 부모가 되지 않을 것이다.
학교에서 공부를 잘해야만 좋아하고 낙제하면 수치스럽게 여기는 부모가 되지는 않을 것이다.
네가 착한 아이든 아니든 간에 나는 너를 사랑한다.

아이들은 언제나 엄마란 존재를 필요로 한다. 엄마가 없으면 아이는 살아갈 수 없기 때문이다. 음식과 사랑과 보호, 그 모든 것들이 엄마에게서 나온다. 하지만 거기에는 어떤 색다른 이념이 들어있지 않다. 엄마는 아이를 본능적으로 보살핀다. 모자간의 사랑은 그러므로 가장 진실한 사랑이다.
만일 엄마가 아이에게 무엇을 받아내고 이끌어내기 위해 사랑한다

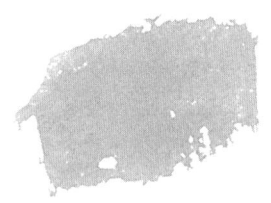

면 그것을 사랑이라 이름 붙일 수 없게 된다. 그것은 사육이기 때문이다.

관심이 개입되면 그것은 이미 사랑이 아니다. 보호는 감옥이 되고 음식은 독약에 다름 아니다. 그러므로 그대가 누군가를 사랑하거나 보살필 때는 목표를 개입시키지 말라. 신앙도 필요 없다. 가치관은 물론이다.

우리들의 사랑은 교활하다. 그래서 세상이 이렇게 불행하고 지옥같이 느껴지는 것이다. 사람들은 이 세상이 너무나 메마르고 정이 없다고 한탄한다. 하지만 그것은 거짓말이다. 우리들의 주위 어디에나 사랑과 관심과 보살핌이 널려있다. 단지 거기에 교활과 이기심이 너무나도 많이 개입되어 있을 뿐이다.

가족들을 보라. 부모형제나 친척, 친구들 모두가 서로에게 관심이 있다. 그런데 왜 세상은 변하지 않는 것일까? 당연히 뭔가 잘못되었기 때문이다. 그 잘못의 원천은 바로 그대들의 잘못된 관심에 있다.

상대방을 있는 그대로 사랑하라. 자신의 입맛대로 뜯어고치려고 하지 말라. 그를 있는 그대로 받아들이고 이해하라. 그것이 바로 진정한 관심이며 사랑이다.

그런 때 상대방은 이루 형용할 수 없는 선물을 받는 것이며, 그대는 스스로 만족을 얻을 수 있다. 하지만 만족을 얻기 위해 선물을 주는 것은 아니다. 봄바람에 송앗가루가 휘날리듯 그것은 자연스러운 수확일 뿐이다.

어떤 대가를 원하는 베풂이란 차라리 없는 것만 같지 못하다. 왜냐하면 그것은 받은 사람으로 하여금 분노를 일으키게 만들기 때문이다. 그것은 수레바퀴처럼 빙 돌아 자신에게 돌아온다. 그리하여 '은혜를 원수로 갚는다'라는 한탄이 그네들의 목젖을 타고 올라오게 된다.

사회에서 문제를 일으키는 아이들의 부모가 대부분 그런 타입인 것을 그대는 잘 알고 있을 것이다. 그들은 아이들을 자신들이 이루지 못한 꿈의 도구로 생각하곤 한다.

그 결과는 십중팔구 부모자식간에 얼어붙은 관계를 만든다. 그런 사실을 알면서도 그대는 스스로를 변화시키려 하지 않는다. 그리하여 결국 똑같은 불행의 길을 걷게 되는 것이다.

사랑을 거래하지 말라. 그대가 그 깊고 너른 관심의 바다에 값을 매기는 순간 모든 것은 오염되고 그대의 어장은 초토화될 것이다.

그대여, 침묵의 목소리를 들어라

같은 교구의 원로 목사와 젊은 목사가 함께 골프장에 갔다. 그런데 젊은 목사가 게임 도중 쉬운 퍼팅을 실수해서 공이 홀컵을 빗나가고 말았다.

"이런 제기랄!"

젊은 목사는 흥분해서 소리를 질렀다. 그러나 나이 많은 목사가 점잖게 훈계를 했다.

"여보게. 우리는 하나님의 종인데 그런 말을 쓰면 곤란하네. 자꾸 그러면 신이 불벼락을 내릴 걸세."

젊은 목사는 입을 비죽 내밀고 게임을 계속했다. 그런데 거의 마지막 홀에 가서 젊은 목사가 결정적인 샷을 공을 깊은 벙커에 빠뜨리고 말았다. 흥분한 그는 큰 소리로 소리를 질렀다.

"이런 제기랄, 또 빗맞았네."

그때였다. 돌연 하늘에서 먹구름이 몰려오더니 벼락이 떨어졌다. 그런데 그 빛살에 나이 많은 목사가 명중되어 쓰러졌다. 그러자 하늘에서 이런 화난 목소리가 들려왔다.

"이런 제기랄, 나도 빗맞았네."

〈성경〉에서 신은 자신의 형상에 따라 인간을 창조했다고 말한다. 하지만 그게 아니다. 인간이 자신의 형상에 따라 신을 만든 것이다. 그러므로 그대의 신은 가짜이다. 그대가 가짜이기 때문이다. 그대 자신이 아무런 의미가 없는 것처럼 그대가 신봉하는 경전도 아무런 의미가 없는 것이다.

누가 신에게 형상과 색깔을 주었는가. 바로 그대이다. 그대의 조각품이며 창조물이 바로 신이다. 그래서 신은 그대와 똑같은 눈과 코, 귀, 입을 가지고 있다. 하물며 마음씀씀이일까.

기독교의 신은 스스로를 질투의 신이라고 말한다. 하지만 신은 질투해서는 안 된다. 신이 수시로 질투를 한다면 왜 질투가 나쁜 것이어야만 하겠는가. 진실로 그렇다면 질투는 신성시되어야 마땅하지 않은가. 그 신은 또 이렇게 말한다.

"나는 분노의 신이다. 나의 계명을 따르지 않으면 너를 죽여 영원한 지옥불 속에 던져버리겠다. 나는 질투의 신이다. 그러므로 나 외의 다른 신을 섬기지 말라."

그렇다면 분노가 왜 나쁜 것인가. 분노는 신의 것이고 참으로 신비해야만 한다. 그런데 그대는 애써 분노를 억누르려 하고 있다. 신으로 가는 길을 막고 있다.

누가 이런 신을 창조했는가. 이 신은 바로 우리들의 마음속에 도사리고 있는 질투와 분노의 투영이다.

세상에는 많은 신들이 있다. 그 중에서 힌두교의 신들을 살펴보자. 그 신들은 매우 섹스를 좋아한다. 힌두 신들은 하늘 나라의 낙원에서만 간통을 즐기는 것이 아니라 지상에까지 그 손을 뻗친다. 순진한

처녀를 유혹하고 강간하며 예언자들의 아내마저 범한다. 그들은 무한한 능력을 이용해 그녀들의 애인이나 남편으로 변장하기도 한다.

누가 이런 신을 창조했는가. 분명 성적으로 분방한 인간들이 만들어냈다. 그러므로 부처는 이런 신들에 무관심했다. 그는 거꾸로 이렇게 말하며 잠들어 있는 사람을 깨우는 데 마음을 기울였던 것이다.

"잠들어 있는 사람들에게 신을 말하는 것은 아무런 의미가 없다. 그들은 꿈을 꿀 것이고 자신들의 신을 창조해 낼 것이다. 그것은 완전한 허구이며 무의미이다. 그런 신이 무슨 필요가 있겠는가."

그는 침묵만이 인간의 깨어있는 공간임을 알았다. 소란한 마음은 잠든 공간이다. 마음이 끊임없이 어떤 생각에 몰두해 있다면 그것은 잠들어 있는 것과 마찬가지이다.

마음이 사라지고 침묵이 남으면 비로소 각성이 고개를 든다. 그것은 외부에서 오는 것이 아니다. 그대 안에서 태어나고 자라나는 것이다. 명심하라. 그런 각성이 일어나지 않는 한 그대는 깨어있지 않은 것이다.

어느 날 깨달음을 얻은 선사가 강가에서 혼자만의 시간을 즐기고 있었다. 흘러가는 강물, 바람소리, 이런 고요의 순간에 그는 깊은 마음의 평화를 느끼고 있었다. 그런데 지나가던 행인이 그를 알아보고 다가와서 물었다.

"스님, 당신의 종교는 대체 무엇을 믿는 겁니까?"

그러자 선사는 아무 말도 하지 않았다. 마치 아무런 말도 듣지 못한 것만 같았다. 그 사람은 화가 나서 소리쳤다.

"아니 왜 제 질문에 대답을 해 주지 않는 겁니까?"

이 말에 선사는 고개를 들고 그를 똑바로 노려보며 말했다.

"나는 이미 대답했다. 나의 대답은 바로 침묵이다."

그러자 그는 고개를 갸웃거리며 다시 물었다.

"나 원 참, 제가 알아들을 수 있도록 말해 주십시오. 좀더 확실하게 말입니다."

선사는 손가락으로 모래 위에 '명상'이라고 아주 작은 글씨로 썼다. 그는 고개를 끄덕이며 물었다.

"명상? 좋습니다. 아까보다는 낫군요. 하지만 그게 대체 뭔지 저는 알 수 없습니다. 좀더 명확하게 설명을 해 주십시오."

선사는 다시 조금 큰 글씨로 '명상'이라고 썼다. 그는 문득 화가 치밀어올랐다. 자신이 무시당하고 있다고 생각했던 것이다.

"아니, 스님. 글씨만 좀 크게 쓰면 뭐가 다른 겁니까? 절 놀리려고 작정을 하셨군요?"

선사는 다시 아주 큰 글씨로 '명상'이라고 썼다. 그는 얼굴이 벌겋게 달아올라 소리쳤다.

"아이고, 그만 두세요. 제길헐 진작 대답할 게 없으면 없다고 하시지. 아까운 시간만 낭비했네."

그러자 선사는 가만히 모래 위에 써놓았던 글씨를 지웠다. 그 다음 눈을 부릅뜨고 그를 노려보며 소리를 질렀다.

"너는 눈멀고 귀마저 먹었구나. 처음의 내 대답이 옳았다. 두 번째는 옳지 않았으며 세 번째는 엉터리였다. 그리고 네 번째는 최악이었다. 너는 왜 나의 첫 번째 대답을 듣지 않느냐. 내가 진실했던 순간은 오직 그때뿐이었다."

그대는 잠들어 있다. 이제 깨어나라

깨어있음이 삶의 길이다.
어리석은 자는 이미 죽은 것처럼 잠잔다.
그러나 깨어있는 스승은 영원히 산다.

정상적인 인간들은 모두가 잠들어 있다. 그들은 숲속의 사슴보다도 참새보다도 더 깊이 잠들어 자신의 공간을 잊고 있다.

태초에 아담과 이브가 왜 낙원에서 추방되었던가. 그들은 마음을 얻고 의식을 잃었기 때문이다. 마음은 곧 잠이다. 그렇다면 우리들이 해야 할 일은 자명하다. 마음을 버리고 의식을 되찾아야 하는 것이다.

지식을 버려라. 지식이 깊은 사람일수록 더욱 깊은 잠에 빠져있다. 자연과 더불어 일하는 인간들은 학문과 더불어 살아가는 사람들보다 훨씬 주의 깊게 깨어있다. 왜냐하면 자연의 본성이 그러하기 때문이다.

　나무의 예를 들어보자. 숲 속에 나무꾼이 도끼를 들고 들어가 어
떤 나무를 벨까 두리번거리면 주위에 있는 나무들은 떨기 시작한다.
이것은 이미 과학적으로 증명이 된 사실이다. 그러기에 사람들은 나
무를 잘 자라게 하기 위해 위협보다는 향기로운 음악을 들려주곤 하
지 않는가.

　잘릴 운명에 처한 나무는 전율한다. 하지만 나무꾼이 그 자리를
그냥 지나치면 나무들은 금방 안정을 되찾는다. 이것은 나무가 나무
꾼의 마음을 읽고 있다는 말이다. 그의 전신에서 흐르는 진동 상태가
그대로 나무에게 포착되고 있는 것이다.

　만일 사냥꾼이 숲에서 사슴을 쫓아도 사정은 마찬가지다. 나무들

은 모두가 두려움에 떤다. 멀리 그 현장을 목격하지 않은 나무들까지도. 그것은 직관의 힘이다. 깨어있는 마음은 전체를 통찰할 수 있는 능력을 가지고 있다.

그러므로 그대여. 직관할 수 있는 삶을 살라. 심장의 고동이 곧 삶이 아니다. 깨어있음이 삶이다. 누가 식물인간을 살아있다고 말할 수 있겠는가. 냉동인간이 잘 살고 있다고는 어느 누구도 말할 수 없다.

의식의 각성을 이루지 못한 사람은 살아도 살아있는 것이 아니다. 그것은 곧 시체에 다름 아니다. 그러므로 그대에게 있어 삶이 목적이라면 각성은 방법이다. 어리석은 자는 잠자고 매일같이 비틀거리고 넘어진다.

그대가 진정으로 눈을 갖고 있다면 도처에서 신을 볼 수 있다. 진정으로 귀를 갖고 있다면 천상의 선율을 만끽할 수 있다. 그런데 그대는 한 발자국 걸을 때마다 넘어진다. 그러면서도 자신이 눈을 뜨고 있다고 고집한다. 깨어있다고 강변한다.

그런 마음을 버려라. 홀로 깨어있음을 주장하지 말라. 자신이 완전히 잠들어 있음을 긍정하라.

생각의 주인이 되어라.
그대는 영원히 지속된다

세 명의 술주정뱅이가 거리를 걷고 있었다. 한 명은 빵을 들고, 또 한 명은 포도주를, 또 한 명은 자동차 문짝을 든 채로. 그들의 기묘한 꼴을 발견한 경찰관이 다가와 물었다.

"당신들, 지금 어디로 가는 중이오?"

빵을 들고 있던 사람이 대답했다.

"야외로 소풍을 가는 중이라오."

"소풍이라고요? 좋습니다. 빵이나 포도주를 들고 가는 이유는 알겠어요. 그런데 당신은 왜 자동차 문짝을 들고 가는 거요?"

그러자 문짝을 들고 있는 사람이 별 이상한 질문을 다한다는 듯한 표정으로 퉁명스럽게 대답했다.

"여보시오. 뻔한 걸 왜 물으시오. 날씨가 추우면 자동차 문을 닫아야 되잖소?"

취기에서 벗어나라. 그대의 취기는 탐욕으로부터 왔다. 돈을 탐하는 자는 더 많은 돈을, 권력을 탐하는 자는 더 많은 권력을 요구하게 마련이다.

그뿐인가. 겸손해지는 데 관심이 많은 사람은 더욱 겸손해지려 하고, 사랑을 베푸는 데 관심이 많은 사람은 더 많은 사랑을 베풀려고 한다.

이것은 마음의 끝없는 탐욕이다. 그대는 무엇이든 더 많이 더 높이 되기를 원하는 것이다. 탐욕은 불가사리 같아서 눈에 보이는 모든 것을 이용하려 하고 발에 채이는 모든 쇠붙이를 삼켜버린다.

그대는 취한 상태를 정상이라고 생각한다. 누군가 그대의 본색을 밝히면 그대는 화를 낸다. 그리고 맑은 정신일 때의 자신을 오히려 추리했다고 강변한다.

그리하여 그대는 분노에 취한다. 그대는 취해 있으므로 더욱 분노에 자연스럽다. 그것이 위기인줄도 모르고 그대는 그것을 만끽하려 하고 있다. 그런 자신을 주시하라. 많은 사람들이 그대의 칼에 피 흘리고 있다. 분노하고 있다. 언젠가 그대는 그들의 분노와 화살을 맞게 될 것이다. 그것 역시 자연스러운 모양이다.

어쩌면 그대는 이런 운명을 자각하고 벗어나려고 애를 써 보았을 것이다. 하지만 이미 익숙해진 취기를 쫓아내기란 쉬운 일이 아니다. 세상에서는 이런 그대에게 종종 감정을 발산하는 다른 방법을 가르친다. 그것은 좋은 일이지만 완전하지는 않다.

최선의 방법은 이것이다. 내면에 들어가 분노를 지켜 보라. 취기의 근원을 관조하라. 파괴적이거나 억누르는 방법은 그대의 방법이다. 자신을 바라보는 것은 부처의 방법이다.

그대여, 미친 세상에서 깨어나라

지혜로운 자는 변덕스런 마음을 다스려 바르게 한다.
화살 만드는 사람이 굽은 화살을 펴듯이…….

그대는 자신의 사념을 통솔하는가, 아니면 사념이 그대를 통솔하는가? 그대는 생각의 주인인가, 그대의 주인이 생각인가?

사람들은 이런 문제에 대하여 명상하려 들지 않는다. 왜냐하면 그 안에 깊이 들어갈수록 굴욕감을 느끼기 때문이다. 그것은 실로 자신의 무능함을 거울처럼 비추어보는 것과 같다.

사람들은 숱한 생각의 영상 가운데 단 하나의 잔가지도 떨쳐내지 못한다. 오히려 그런 생각의 가지를 없애려 하면 할수록 그것은 질긴 동아줄이 되어 자신을 꽁꽁 묶어버리고 만다. 그리하여 마음은 주인을 가두고, 갇힌 주인은 그것이 자신의 실체인줄 착각하며 살아가게 된다.

마침내 노예가 주인이 되었다. 세상은 노예들의 천국이 되었다.

어느 날 주인이 자신의 현실을 깨닫고 노예에게 자신을 내놓으라 명령한다. 그러나 노예가 그 말을 쉽게 들어줄 리 없다. 그는 오랜 세월의 기득권을 주장하며 거꾸로 그대의 주인 행세를 하려 든다. 지금 그대는 노예에게서 자신을 되찾을 힘이 없다. 그렇다면 대체 어찌 해야 할 것인가?

여기 그에 관련된 유명한 티벳의 우화가 있다.

한 남자가 오랫동안 선사의 시중을 들었다. 하지만 그의 목적은 스승을 보필하려는 것이 아니라 속세에서 부유하게 살기 위한 비법을 전수받으려는 것이었다. 제자의 속셈을 눈치채고 있던 스승이 어느 날 그를 불러 말했다.

"이제 네가 원하는 것을 말하거라. 내가 보기에 너는 나에게 봉사하기 위해 온 것이 아니다. 나는 네게서 조금치의 사랑도 보지 못했다. 그러니 네가 나를 위해 일한 참뜻을 밝히거라. 그것이 무엇이든 내가 다 들어주리라."

이 말을 들은 남자는 쾌재를 불렀다. 그 동안의 노력이 드디어 결실을 보는구나. 그는 냉큼 입을 열었다.

"저는 기적을 일으키는 비법을 알고 싶습니다."

그러자 선사는 눈을 치켜뜨며 소리쳤다.

"참으로 어리석구나. 진작에 말을 했으면 그 동안 고생하지 않아도 되었을 것을…… . 너의 감추어둔 탐욕 때문에 그 동안 나도 고생했느니라. 이제 떠나거라."

그러면서 선사는 종이에 주문을 써서 건네주었다.

"받아라. 이것에 네가 원하는 기적을 이루는 비법이다. 이 주문을 다섯 번 외우면 네가 원하는 어떤 기적이든지 다 이루어지리라. 그러나 단 한 가지 명심하라. 주문을 외우는 동안 절대로 원숭이를 생각하면 안 된다. 그러면 모든 것이 수포가 되고 말 것이다."

이렇게 해서 기적을 일으키는 비법을 손에 넣은 남자는 스승에게 감사하는 것도 잊고 집으로 달려갔다. 탐욕은 고마움을 모른다. 탐욕은 도둑이다. 이제 자신이 원하는 것을 성취하게 된 그는 날아갈 것만 같은 기분이었다.

그런데 집에 돌아와 목욕재계를 마치고 주문을 외우려던 남자는 갑자기 혼란에 빠졌다. 원숭이를 생각하면 안 된다는 스승의 말이 폭포수처럼 주문 위에 쏟아졌다. 갑자기 온갖 원숭이들이 머리 속에서 들끓기 시작했다.

눈을 감아도 원숭이가 보였고, 눈을 떠도 원숭이가 보였다. 다음 날도 그 다음 날도. 남자는 밤낮으로 원숭이를 떨쳐버리려 애썼건만 마음속의 원숭이들은 점점 불어나 정신을 잃을 지경이 되어 버렸다.

그는 견디다 못해 스승에게 달려갔다. 그리곤 소리쳤다.

"스승님, 이 주문을 도로 가져가십시오. 이것 때문에 저는 미칠 지경입니다. 비법이고 뭐고 제발 제 머릿속에서 활개치고 있는 원숭이나 좀 꺼내 주십시오."

그대는 이렇듯 아무 의미도 없는 우연한 생각 하나조차도 지우기가 힘들다. 그것은 유령처럼 그대를 쫓아다니며 괴롭힌다.

이 남자는 왜 원숭이를 떠올리게 되었는가. 그것은 탐욕 때문이다.

그것을 되돌아보는 것은 굴욕적이다. 그러기에 또 그대는 언제까지나 그 멍에를 쓰고 살아갈 것이다.

생각을 주시하면 거리를 떼어놓을 수 있다. 반대하거나 찬성하지 말라. 거울이 사물을 비추듯이 그냥 무심하게 바라보라. 생각을 그대와 멀리 떼어 놓으라.

생각은 왔다 가지만 그대는 영원히 지속된다. 거울이 되어라. 거기에 비친 영상들은 수도 없이 오고 가지만 그대는 항상 그대로 그곳에 있는 것이다. 사랑, 분노, 탐욕, 질투……, 그 모든 것들이 다가왔다 떠나간다. 하지만 이제 그것은 그대의 것이 아니다.

자신을 의심하라. 그리고 의심하지 말라

한 군인이 동료에게 윤회에 대하여 설명하고 있었다.

"자네가 전쟁터에서 죽으면 시체가 썩기 시작할 것이고 결국 흙으로 돌아가겠지. 그리고 봄이 오면 그 자리에 예쁜 꽃 한 송이가 피어날 거야."

그러자 동료는 흐뭇한 얼굴로 되물었다.

"그 꽃이 나란 말이지?"

"아니야, 좀더 들어보게. 그 다음에 소 한 마리가 걸어와 꽃을 맛나게 먹어치울 걸세. 그리곤 그 자리에 철퍼덕 똥을 한 무더기 싸놓고 가버리겠지. 그러면 여자친구와 산책을 하던 내가 그 쇠똥을 보고 이렇게 말할 걸세. 빌! 잘 있었나. 자네는 변한 게 하나도 없군."

그대는 이 세상에 사는 사람들이 정상이라고 보는가? 아니다. 그들은 죄다 미쳐있다. 이것은 고통스러운 고백이지만 사실이다. 우리가 정상이라고 말하는 사람들은 사실 전혀 정상이 아닌 것이다.

그대는 자신이 정상이라고 생각한다. 왜냐하면 이웃사람과 하나도 다르지 않기 때문이다. 하지만 그대는 모르고 있다. 이웃사람들이 죄다 미쳐 있다는 사실을. 왜 이런 말을 하느냐고?

귀 기울여 들어 보라. 인류는 지난 삼 천년 동안 오 천 번의 전쟁을 일으켜 동족을 수도 없이 살해했다. 그들이 흘린 피와 눈물은 산이 되고 강이 되었다. 인간 외에는 아무도 이런 미친 짓을 벌이지 않았다.

자연은 결코 동족끼리 이와 같은 잔인한 살육전을 벌이지 않는다. 하루가 멀다하고 인간은 그 짓을 반복하고 있다. 아무런 죄책감도 없이, 그저 습관처럼.

그러므로 나는 모두가 미쳐 있다고 말할 수 있는 것이다. 참으로 정상적인 인간이라면 사랑이 넘치며 두려움이 없어야 한다. 그것이 자연의 참모습이기 때문이다. 그는 날마다 즐거움과 엑스터시로 충만해야만 한다. 노래하고 춤출 줄 알아야 한다. 그의 생각은 안정되어 있어야만 한다. 그 모든 것들이 조화롭게 어우러져야만 한다. 하지만 그런 사람들은 어디에서도 찾아볼 수가 없게 되었다. 그들은 다 어디로 갔는가.

겉으로 미소지으며 속으로는 미워하고 저주하는 사람들, 친구인 척하면서 칼날을 가는 사람들, 이런 위선과 분열이 광기 어린 세계를 키워냈다. 이제 인류의 운명은 불행하게도 그들의 손에 달려있다. 단 한번의 전쟁으로 인류와 지구를 끝장낼 수 있는 힘이 그들에게 주어져 있는 것이다.

이런 위기에서 벗어나려면 엄청난 혁신이 필요하다. 허위와 강제를 베어내고 참다운 기쁨이 어우러지는 세계를 가꾸어내려면 사람들의 마음을 지배하고 있는 광기를 남김없이 몰아내야만 하는 것이다.

그것은 인간의 마음에서 욕망이라는 뿌리를 잘라내는 것으로부터 시작되어야 한다. 진실로 삶을 아는 사람들은 인생에 욕망할 것이 없음을 안다. 그들은 순간을 마시고 즐기며 살아가는 사람들이다. 과거와 미래를 돌아보지 않는다. 오로지 신의 한 부분으로서 건강하게 살아갈 뿐이다.

그들에게는 남의 삶이 나의 삶보다 아름다워 보이지 않는다. 왜냐하면 보지 않기 때문이다. 비교하지 않기 때문이다. 그것은 곧 욕망의 소멸이며 자기 혁명이다.

행복은 그대의 본성이다. 욕망의 마음이 아무리 그대를 질질 끌고 다녀도 기실 그대의 행복을 위해 필요한 것은 아무 것도 없다. 다만 살아있는 것이 필요할 뿐이다. 그러므로 그 길을 찾아내고 인도하는 스승들은 그대에게 아무 일도 하지 말고 다만 자리에 앉으라고 권한다. 제 자리에서 자신을 바라보라고 말한다. 헛된 주문을 외워 마음을 달리게 해서도 안 된다. 그대여, 단지 신의 세계, 진리의 세계를 향하여 침묵하라.

이슬람의 왕이 시종을 불렀다.

"가서 256번 부인을 데려 오너라."

시종은 즉시 하렘으로 달려갔다. 정원을 가로지르고 과수원을 지나 궁궐의 높은 계단을 뛰어 올랐다. 거기에는 왕의 부름을 기다리는 숱한 미녀들이 기다리고 있었다. 그는 256번 부인을 찾아 왕에게 대령했다. 그런데 잠시 후 왕이 다시 그를 불렀다.

"다시 가서 87번 부인을 데려 오너라."

시종은 다시 하렘으로 달려가 87번 부인을 데려왔다. 그는 급히 다녀오느라 온몸이 땀으로 범벅이 되었다. 지친 몸을 추스르며 숨을 가누고 있는데 왕은 다시 45번 부인을 찾았다. 그리고 또 다시 108번 부인을 찾았다. 이렇게 해서 시종이 161번 부인까지 데려왔을 때 시종의 안색은 하얗게 질려 있었다. 그는 임무를 마치자 모로 쓰러지더니 죽어버리고 말았다.

시종은 그대의 마음이다. 그는 결코 한 자리에 머물러있지 않다. 그것은 답보이며 죽음이라고 생각하는 까닭이다. 하지만 그 마음이 있음으로 그대는 실제로 죽음으로 가고 있다.

마음은 끊임없이 그대에게 무엇인가를 원한다. 돈을 벌어야 하며, 영화를 보고, 여행을 떠나라고 소리친다. 시간을 낭비하지 마라. 힘써 일해야만 가족들이 먹고 살 것이 아니냐!

그대가 이런 마음의 주장에 현혹되지 않으면 그는 좀더 교묘한 방법을 사용할 것이다. 그의 계교는 무한하다. 그는 그대의 깨달음을 방해하기 위해 마음은 주변의 모든 것을 다 활용할 것이다. 하지만 그대는 그와 싸워 이겨야 한다.

이긴다는 것은 잊는다는 것이다. 그를 철저하게 외면하여 무관심의 상태에까지 이르도록 자신을 방어해야 한다. 잠도 없고 환상도 없고 사념도 없는 상태를 견지하라. 마음을 쫓아내고 자신의 태양을 띄울 때까지. 그로부터 자유를 얻으라.

자유란 무엇인가. 마음 다스림이다. 마음은 결코 자신의 것이 아니다. 어떤 마음은 아버지에게, 어떤 마음은 친구에게, 또 어떤 마음은 선생님에게……, 이렇게 숱한 조각들이 모여 그대 안에 웅크리고 있는 마음이 되었다. 그 안에 자신의 것이 어디 있는가?

그 마음을 통하여 자신을 찾기란 불가능하다. 환각과도 같은 마음의 사슬에서 벗어나는 것만이, 그 옷을 벗어 던지는 것만이 온전한 자신을 찾는 길이다. 오로지 그대의 것은 내면에 있는 의식과 각성뿐이다. 그 힘으로 마음에서 독립하라. 그와 일대 전쟁을 치르라.

그대의 각성이 물처럼 맑아지면 교활한 마음은 위기를 느낄 것이다. 그리하여 그대 안에서 살아남을 수 있는 방법을 찾을 것이다. 그 복잡하고 미묘한 계략에 그대는 혼란을 겪을런지도 모른다. 마음은 무의식이라는 난공불락의 성에 숨어서 그대를 공격할 것이기 때문이다.

보이지 않는 적은 보이는 적보다 더 두려운 법이다. 어둠 속에서 포착되지 않는 마음을 억누를 수 있는 방법은 단 한 가지뿐이다. 그것은 그대가 아무 판단 없이 마음을 주시하는 것이다.

마음의 모순을 관조하라. 그가 어떤 얼굴로 변신하며 그대를 설득하더라도 움직이지 말라. 이처럼 안정된 그대의 의식이 마음을 쫓아낼 것이다. 그리하여 마침내 그대는 자신의 완전한 통치자가 된다. 신이 된다.

머리는 노예이지만 가슴은 자유이다. 머리는 불행이다. 그러나 가슴은 최고의 행복이다.

마음의 돌풍을 쫓아내라. 고요를 되찾으라

아버지가 아들과 함께 오페라 극장에 갔다. 지휘자가 지휘봉을 흔들기 시작하자 오케스트라의 장중한 선율이 흘러나왔다. 잠시 후 음악에 맞춰 소프라노 가수가 아리아를 부르기 시작했다. 그러자 갑자기 아들이 아버지를 돌아보며 물었다.

"아빠, 저 아저씨는 왜 아줌마를 때리나요?"

"그게 아니란다. 저 아저씨는 음악을 지휘하는 거야. 저 막대기로 이렇게 저렇게 연주하라고 앞에 있는 연주자들에게 가르쳐주는 거란다."

"그런데 왜 저 아줌마가 비명을 지르는 거죠?"

아이들은 아이들 식대로 이해하기 마련이다. 그대도 마찬가지이다. 그대가 어떤 진리를 마주하게 되면 처음에는 낯설고 생소한 그 의미의 정수를 깨닫지 못한다. 그것을 이해할 아무런 경험이 없기 때문이다.

그대가 진리의 바다에서 헤엄치려면 끈질긴 인내심을 전제로 하지 않으면 안 된다. 오랜 명상을 통하여 그 전체를 통찰하려고 노력해야 한다. 그래야만 그대 의식 안에서 뭔가 희미한 꼬리가 잡힐 것이다.

진리의 단 한 마디라도 이해하도록 전신을 내던져라. 그리하여 그대의 뿌리 깊숙한 한 가닥으로부터 충만되어 오는 희열을 감지하라.

우리들은 땅 위에 뿌리박은 나무와도 같다. 그러나 진리는 하늘을 나는 새와 같다. 그것은 절대적인 가치를 가졌다. 나무 위에 둥지를 틀도록 하라. 진리의 알을 낳고 부화하도록 하라. 그 새는 자라나 마침내 날아갈 것이다. 하지만 나무는 진리의 고향이 된다. 발원이 된다. 그러므로 진리를 깨달은 사람은 극소수에 불과하다. 왜냐하면 뿌리가 날개를 달고 창공을 날아간다는 것은 상상하기도 어렵기 때문이다.

그대는 선사들의 말을 이해하기 힘들 것이다. 하물며 부처의 말은 황당하기까지 할 것이다. 어쩌면 미친 소리같이 들릴는지도 모른다. 하지만 그대의 깨달음은 아직 부처의 말에 다가가지도 못하는 높이에 있음을 명심하라. 새가 나무에 앉았을 때 그를 끌어당겨야만 한다. 아차 하는 사이에 그대는 자신에게 부여된 가장 소중한 기회를 놓쳐버릴는지도 모른다.

현재 자신의 능력을 의심하라. 그로부터 노력이 시작된다. 그리고 성장을 시작하는 것이다.

타인에 대하여 어떤 단정도 짓지 말라. 미친 말을 들으면 그 미친 말에 도전하라. 만일 그가 진짜 얼토당토하지 않은 말을 했다 치더라도 그대가 그 벽을 뛰어넘는다면 스스로의 한계를 넘어서는 것이 된다. 그 깨달음은 어떤 귀중한 보물보다 더 귀중한 가치를 가진다. 그대는 첫 발자국을 떼고 있기 때문이다.

우리들은 욕망을 알고 섹스와 사랑을 아는 사람들이다. 하지만 그
것들을 아직 철없는 어린아이에게 설명한다면 도무지 이해할 수 없
을 것은 분명하다. 아이들은 이렇게 되물을 것이다.

"사랑? 대체 그게 뭔가요?"

우리들의 사랑과 고동치는 모든 느낌들을 아이들에게 이해시키기
는 불가능하다. 아이들은 그런 경험을 해본적이 없기 때문이다. 하지
만 세월이 지나 나이가 들면 자연스럽게 성적인 성숙이 이루어진다.
아이는 불현듯 느끼게 되는 뭔가 새롭고 낯선 감각에 전율한다. 욕망
의 바람이 휩쓴다. 그것은 당연히 불같은 열정을 동반한다. 이제 아
이의 순수는 깨어지고 병든 눈으로 모든 사물을 바라보게 된다. 이것
이 바로 현재의 그대이다.

그대의 삶이 만일 자연스럽게 종국을 향한다면 죽음에 가까워질수
록 성은 관심 밖으로 사라질 것이다. 평생을 휘감던 그 욕망이 갈 곳
을 몰라 두리번거리리라.

그때 그대의 살아있는 에너지는 어디로 가는가. 그 방향을 부처는
카루나, 즉 자비로 향해야 한다고 말한다. 미래가 사라지고 스스로의
존재를 바라보는 시간, 그간에 쌓인 거대한 에너지는 마침내 그대의
잔을 넘쳐 흐른다. 그것이 바로 자비이다.

욕망이란 사실 아름다운 것이다. 그것 역시 그대가 가지고 있는
본질의 한 부분이다. 그대는 자신의 욕망을 제대로 바라보고 그 참모
습을 직시해야만 자신의 깨달음을 가꿀 수 있다. 그것은 미끼처럼 그

대를 유혹하고 불사르게 한다. 그대의 눈은 미끼를 바라본다. 그리고 달려간다. 명심하라. 그 지극한 관심에서 뒤돌아설 수 있도록 하는 것, 그것이 바로 그대가 가진 욕망의 아름다움이다.

그러므로 그대여. 욕망의 불꽃 속으로 뛰어들 때는 전신을 바쳐라. 그래야만 그 안에서 빠져 나올 때에도 전신을 건져낼 수 있다. 열의를 다하지 않는 사람은 그 그물에서 온전하게 벗어날 수 없다. 욕망의 허구를 제대로 보고 뿌리칠 수가 없다. 그리하여 욕망이 사라지는 단계에까지 도달하지 못하면 그대는 삶의 중요한 기회를 놓쳐버리고 말 것이다.

육체는 그대의 집이다.
깨끗한 집으로 가꾸어라

마크 트웨인이 장난 광고를 냈다. 보통 밤에는 눈에 보이지 않을 정도로 새까만 고양이를 잃어버렸으니 고양이를 본 사람은 연락을 주십사 하는 내용이었다. 그러자 그 근처에 사는 수천 명의 사람들이 고양이를 보았다고 전화를 걸어왔다.

그대는 너무나 깊이 잠들어 있다. 때문에 그대를 깨우기 위해서는 망치로 내려쳐야만 할는지도 모른다. 어쩌면 그대는 비몽사몽간에 있을 수도 있다. 일어나야 할지 계속 깊이 머물러 있어야 할지 스스로도 분간할 수 없는 상태, 그런 혼돈 속에 누워있을 때 그대의 잠을 깨우는 것은 종교이다.

그러나 종교는 그대의 손을 이끌어 니르바나로 안내하지 못한다. 그들은 단지 눈을 뜨게 해 주었을 뿐이다. 그 다음은 온전히 그대의 몫으로 남아있다.

그들이 말하는 신은 보여지고 경험될 수 있을 뿐 설명할 수 없는 존재이다. 신을 설명하려는 것은 어눌한 변명에 불과하다. 때문에 성직자와 신학자들이 성하면 성할수록 종교는 갈 곳이 없어지는 것이다. 하지만 그들은 수많은 이론으로 그대의 마음을 채우려 한다. 그 복잡하고 해괴한 이론의 갈등으로 그대는 더욱 혼란스러워질 뿐이다.

숱한 종교의 이론에서 벗어나라. 그 소음에서 벗어나는 것이 예수나 부처, 모하메드를 더욱 가깝게 만나는 것이다. 성경과 베다와 코란을 던져버려라. 그 전통과 관습의 미명 아래 자행된 착취에서 벗어나면 그대는 신을 볼 수 있는 투명한 시각을 얻게 될 것이다. 눈을 뜨게 될 것이다.

일찍이 부처는 자신에게 몰려든 수천 명의 사람들이 던지는 질문에는 눈곱만큼도 관심이 없었다. 그들이 원하는 기적이나 행복에는 철저하게 외면했다. 부처는 그들에게 자신이 먼저 간 깨달음의 길을 보여주려고 했을 뿐이었다. 곧 사람들이 가진 허영과 지식과 선입견, 편견 따위를 바로 직시하도록 하였던 것이다.

사실상 부처는 가장 위대한 힌두교인이었다. 그는 최고의 순수를 지녔으며 인도의 가장 깊은 염원을 실현한 인물이었다.

그럼에도 불구하고 인도는 부처를 버렸다. 부처가 심어놓은 아름다운 장미덩굴을 뿌리째 뽑아버리고 자국 내에서 완전히 추방시켜버렸다. 왜 그래야만 했는가?

그것은 그들의 열등감을 감추기 위한 극한 방법이었다. 부처가 활활 타오르는 횃불이라면 남아있는 수많은 성자들, 헛된 명성으로 군중을 이끌고 있던 그들은 흔들리는 촛불보다도 더 미약한 존재들이었다.

그러기에 그들은 부처를 외면하였다. 마음 깊은 곳에 감추어진 질투의 화신이 가장 위대한 성인을 땅에 묻어버리고 말았던 것이다. 하지만 불꽃은 미약한 바람에도 온 들판을 태우듯 부처의 이름은 인도 밖, 티벳과 중국, 한국, 일본, 태국, 미얀마 등 전 아시아에서 존경과 사랑을 받고 있다. 어리석을진저. 인도인들이여.

　　하지만 이런 잘못은 인도인들뿐만이 아니었다. 예수는 지구상에 존재했던 유태인 중 가장 뛰어난 인물이었다. 하지만 그는 동족들에 의해 십자가에 매달렸다. 유태인들은 예수를 살릴 수 있었음에도 애써 그를 외면하였다.

　　왜 이런 일이 일어나야 했던가. 그는 당연히 유태인의 지도자가 되어야 했고 찬송을 받아야 할 존재였다. 하지만 그의 탁월함과 우아함은 유태인들로 하여금 추악한 자신을 돌아보게 만들었다. 자신들의 열등감을 극복하기 위해서 바보들이 사용하는 방법은 예로부터 단 한 가지밖에 없었다. 죽여 없애는 방법.

　　장님들에게 빛을 설명하기란 불가능하다. 잠긴 마음은 진리를 이해하지 못한다. 하물며 신은 최고의 빛, 빛 중의 빛이며 진리 중의 진리가 아닌가. 때문에 부처는 신에 대해 한 마디 말도 하지 않았다. 단지 눈먼 사람들의 시력을 회복시키기 위해 노력했을 뿐이었다. 하지만 당시 비열한 힌두교도들은 이런 부처를 깎아 내리기 위해 다음과 같은 더러운 이야기를 만들어 유전시키기까지 하였다.

　　신이 세상을 창조한 후 천당과 지옥을 만들었다. 그리고 천당에는 천사를, 지옥에는 악마를 보내 지키게 하였다. 그런데 수천 년이 지나도록 천당에는 사람들로 넘쳐흘렀지만 지옥에는 파리만 날렸다. 사람들이 아무런 죄도 짓지 않았던 것이다. 악마는 기다리다 지쳐 신에게 달려갔다.

"도대체 지옥은 왜 만들어서 저로 하여금 허송세월을 하게 만드신 겁니까? 차라리 제게 다른 일을 시켜 주십시오. 수천 년 동안 아무 일도 못하고 있으니 대체 이런 엉터리 같은 일이 어디 있단 말입니까?"

그러자 신은 악마를 달랬다.

"진작 내게 와서 말하지 그랬나? 알았네. 알았어. 내가 곧 세상을 타락시킬 자를 내려보내겠네. 그럼 자네는 불평하지 않아도 될 만큼 죄인들이 몰려들 테니까."

악마가 물러나자 신은 곧 부처를 지상에 내려보냈다. 그는 내려가자마자 사람들의 믿음을 파괴시키고 관습을 뿌리째 흔들어놓았다.

부처가 신앙심을 파괴하고 의심을 불어넣자 사람들은 타락하고 온갖 악행을 저지르기 시작했다. 곧 지옥은 밀려드는 죄인들 때문에 발디딜 틈조차 없어졌다. 그러자 당황한 악마가 다시 신에게 달려갔다.

"제발 그만하십시오. 죄인들이 너무 많아서 저는 잠시도 쉴 틈이 없습니다. 이렇게 일하다가는 제 명에도 못 죽을 것 같다니까요."

이렇듯 힌두교인들은 부처를 자신들의 신 중 열 번째 화신으로 만들어 놓고는 그의 말에 속아넘어가지 말라고 사람들을 호도하고 있다. 그들은 부처의 신성을 부정하지는 않았다. 하지만 결국 그를 부정한 신으로 규정해 버렸다. 너무나도 교활한 술책이 아닐 수 없다.

부처는 탐구자이다. 아무런 편견과 선입견 없이 길을 가라고 그는 말한다. 꿈을 버리고, 환상을 버리고 완전히 벌거벗은 상태에서 실체를 보라는 것이다. 이것이 그의 진실이다.

"기다려라. 먼저 혼란스러운 그대의 마음을 고요하게 하라. 그대 마음에 돌풍이 지나가게 하고 침묵이 자리잡게 하라. 침묵은 그대에게 눈을 줄 것이다. 나는 그대에게 침묵할 수 있는 법을 보여주겠다. 그 다음에는 안내자가 필요 없다. 일단 침묵하고 나면 자신의 길을 가라. 그리하여 목적지에 도달하라."

눈을 들어 우선을 보라. 그리고 관조하라

가장 큰 죄는 자신을 분열시키는 일이다.
육체를 비난할 때 그대는 위선자가 된다.

사람들은 수천 년 동안 참다운 삶을 살아가기 위해서는 육체와 맞서 싸우라고 배워왔다. 자신을 관조하는 것이 아니라 학대하고 부서뜨리도록 말이다. 그리하여 수행자들은 건강한 몸을 말라비틀어지게 하고 고문하면서 세월을 무의미하게 흘려보냈다. 이런 어처구니없는 모습을 뭇 사람들은 머리 숙여 경배하였다. 그리고 당사자들은 그런 대접이 당연한 일인 양 받아들이곤 했다.

육체란 무엇인가. 그것은 눈에 보이는 영혼이다. 영혼과 육체는 두 개가 아니라 하나다. 그러므로 몸과 마음을 서로 사랑하고 존중해야만 완전한 하나가 될 수 있는 것이다. 육체에 적의를 갖고서 대체 무엇을 이루어낼 수 있단 말인가.

육체는 세상에서 가장 정교한 기계이다. 그 세밀함을 안다면 경이

감에 몸둘 바를 모를 것이다. 여태까지 어떤 과학자도 어떤 의사도 인간의 육체가 가진 신비를 파헤치지 못했다. 그 동안의 성과라면 살을 베고 뼈를 으깨어 성분을 알아낼 정도이다. 그뿐이다.

육체는 신이 그대에게 안겨준 최고의 선물이다. 그것은 그대와 가장 가까운 곳에 있으면서 정신과 본능적인 교감을 하고 있다. 가장 친근한 자연, 가장 친근한 신이 육체를 통해 그대에게 잠겨든다. 그대의 육체에는 바닷물과 별빛과 태양과 공기가 들어있다. 대지를 보고 자신의 몸을 보라. 그것들은 얼마나 놀라운 변신인가.

먼지가 모여 신성한 존재를 이루었다. 그 존재는 아무 소음도 없이 부드럽게 움직이고 표현하고 말을 한다. 이 얼마나 신비스러운 현상인가. 그대가 기적을 찾는 사람이라면 보라, 이보다 더한 기적이 대체 어디에 있단 말인가.

그대는 사원에 깃든 신성이다. 사원은 비바람과 뜨거운 열기로부터 그대를 보호한다. 육체는 그대를 위해 봉사한다. 그런데 왜 육체와 싸워야 하는가. 그것은 분열이며 위선이다. 육체와 그대 사이에 분열을 창조하는 것은 자살 행위일 뿐이다. 정신과 육체의 조화로움, 그것만이 그대가 신에 가까이 가는 길이다.

단지 육체에 의존하지 말며, 육체 안에 갇히지도 말라. 사랑하고 존중하고 돌보라. 언젠가 그대가 육체를 떠나야 한다는 사실을 잊지 말라.

육체는 그대가 머물고 있는 새장이다. 새장은 남고 새는 날아갈 것이다. 그 일이 일어나기 전에 새 또한 돌보라. 그대의 의식을 청소하라. 의식은 그대와 함께 떠날 것이기 때문이다.

그러므로 육체를 치장하는 데 많은 시간을 낭비하지 말라. 다만 청정함을 유지하라. 육체는 대지이다. 그러므로 결국 먼지로 되돌아 갈 것이다. 하지만 그대는 대지에 속하지 않는다. 그대는 저 너머 미지의 세계로 가야만 한다.

이곳에서 그대는 단지 손님이라는 사실을 명심해야만 한다. 오랜 외출의 즐거움을 만끽하라. 그리하여 그대의 성숙과 조화를 이루라.

육체의 욕망을 긍정하라. 그리고 박으로 나오라

기차의 일등석에서 멋진 숙녀 두 사람이 이야기를 나누고 있었다. 그 옆좌석에서는 한 신사가 자는 척하면서 두 여자의 이야기를 엿듣고 있었다. 한 여자가 현재 자신의 재정 상태로는 더 이상 멋진 옷을 마련할 수 없을 것 같다고 말하며 한숨을 내쉬었다. 그러자 다른 여자가 별 걱정을 다하고 있다는 표정으로 이렇게 말했다.

"쉬운 방법이 있어. 나처럼 돈 많은 애인을 사귀는 거야. 그러면 그는 한달에 오백 달러짜리 옷을 사줄 테니까 말야. 네 남편은 그렇게 할 수 없잖아."

"하지만 애써 사귄 애인이 오백 달러짜리 옷을 사줄 능력이 없으면 어떻게 하지?"

"그땐 애인 한 사람을 더 만들어서 각각 이백오십 달러씩 부담하게 하면 되잖아."

그때 곁에서 엿듣고 있던 신사가 중얼거렸다.

"여보세요. 숙녀분들. 저는 지금부터 잠을 자야 하니까 가격이 이십 달러 정도까지 내려가면 좀 깨워주시오."

세상에는 위선자들이 너무나도 많다. 깨어있는 척하면서 잠들어 있는 사람들, 잠들어있는 척하면서 깨어있는 사람들, 지도자이며 범죄자인 사람, 사기꾼이면서 성스러운 종교인인 체하는 사람들. 그대는 그 중 어떤 타입인가?

사회에서는 그대를 향하여 범죄자가 되든지 위선자가 되든지 둘 중 하나를 선택하라고 강요하고 있다. 왜 그 둘 뿐인가. 그들이 원하는 타입이 그 둘밖에 없기 때문이다.

하지만 방법은 있다. 사회에 등을 돌리면 또 다른 선택의 길이 보인다. 그것은 예수나 부처, 크리슈나가 걸었던 길이다. 하지만 아무도 그 길을 그대에게 알려주지 않는다. 그대가 그 길 위에 서 있다면 그것은 다른 사람에게 열등감을 심어주기 때문이다.

그러므로 그대여. 누군가를 만날 때 절대 겉모습만을 보고 판단하지 말라. 그대가 겉과 속이 같은 사람을 만날 확률은 그대가 예수나 부처를 만날 확률만큼이나 희귀하다.

그대는 먼저 자신의 내면으로 들어가야 한다. 자신의 의식 속으로 더욱 깊이 들어가 중심에 다다라야 한다.

일단 자신의 중심까지 뚫고 들어가면 다른 사람의 중심 또한 볼 수 있을 것이다. 그 때엔 아무도 그대를 속일 수 없다. 위선자들은 그대에게 궤변을 늘어놓을 수 없다. 그대는 실체를 볼 수 있는 사람이기 때문이다.

죽음으로써 그대는 빛이 된다. 빛에 다가서라

이 몸은 다만 물거품이고
그림자의 그림자라는 것을 이해하여
욕망의 꽃 화살을 꺾어 버려라.
그러면 그대는 보이지 않는 자가 되어
죽음의 왕도 그냥 지나치리라.

어리석은 사람들은 신에 대하여 묻고 현명한 사람들은 죽음에 대하여 묻는다. 신을 찾으려 하는 사람은 결코 신을 찾아내지 못한다. 그러나 죽음을 찾으려 하는 사람은 반드시 신을 찾아낸다. 그는 우리들의 삶에 있어 가장 진정한 문제를 탐구함으로써 밝은 의식을 갖게 되는 까닭이다. 그때부터 그대는 잠에서 깨어난다. 그리하여 도전한다.

죽음이 없다면 종교도 없다. 그것이 인간을 초월의 세계로 향하게끔 강박하는 것이다. 마치 대해가 작은 섬을 둘러싸고 있듯이 죽음은 언제나 우리를 둘러싸고 있다. 언젠가 우리는 섬을 떠나 바다로 갈 것이다. 이것은 만고불변의 진리이다.

그런데 대부분의 사람들은 죽음을 잊고 살아간다. 만일 한 사람이 다른 사람들처럼 자신도 죽으리라는 명확한 결론에 도달한다면 그때부터 그는 성숙한 인간이 된다.

삶이 어차피 내 것이 아니라는 인식, 그렇다면 우리가 무엇을 집착하고 발버둥친단 말인가. 불행이니 행복이니 하는 갈등이 대체 무엇이란 말인가.

사라지기로 예정된 것은 결국 사라지기 마련이다. 그런데 사람들은 그것을 회피하기 위해 항상 엉뚱한 화두에 매달려 있다. 그 숱한 명제들, 탐구들, 그 중 신은 가장 큰 엉터리이다. 하지만 죽음이란 완전한 결말이 가슴속에 떠오르면 그대는 변화한다. 해가 뜨면 해가 진다는 것, 그 자연스런 이치를 깨달으면 그대는 기존의 어리석은 방식으로 살아가기가 불가능해진다.

그 대표적인 인물이 바로 고타마이다. 그의 아버지는 자식이 죽음을 알까 두려워서 주변을 젊음과 환락으로 가득 차게 꾸몄다. 그러나 천지의 이치를 손바닥으로 가릴 수는 없는 노릇이었다. 그는 결국 생로병사를 알게 되었고 그 한계를 극복하기 위해 자신의 길을 따라 떠나갔다.

그는 삶이 환상임을 알았고 무지에 뿌리박고 있음을 알았다. 하지만 우리들은 애써 죽음을 위장하고 회피하려고만 한다. 화장터를 도시 밖에 만들고 꽃과 나무로 아름답게 꾸민다. 공동묘지는 사람들의 눈에 잘 띄지 않는 한적한 곳에 조성한다. 병원에서도 죽은 자의 자리는 어둠침침한 구석에 있다. 그리고 죽음을 말하면 입을 막는다.

과거 광신적인 종교의 바람이 섹스를 금기로 삼았듯이 현세에서는 죽음도 최후의 금기로 남아있다.

그래서인가, 사람들은 죽음이 자신에게 있다는 것을 인식하지 못하고 있다. 매일같이 주변에서 구슬픈 곡소리가 나도 죽는 자는 항상 타인이라는 환상 속에 살아간다. 분명히 그대는 자신의 죽음을 볼 수 없다. 항상 다른 사람의 죽음만을 목격한다.

그러나 명심하라. 이제 그대의 차례가 왔다. 죽음 앞에서는 아무도 예외가 없다. 개미에게 일어나는 일은 코끼리에게도 일어난다. 거지에게 일어나는 일은 황제에게도 일어날 것이다. 죽음의 법은 너무나 공평해서 가난하든 부유하든 무식하든 지혜롭든 그 우열을 가르지 않는다.

육체는 시간적인 존재이다. 그것은 물거품과 같다. 바닷가의 하얀 물거품은 너무나 아름답게 보인다. 하지만 그것을 손으로 뜨면 아름다움은 사라지고 그대의 손만 젖어있을 뿐이다. 육체도 마찬가지다. 아름다운 육체 위에는 늙음과 죽음이 상존하고 있다.

우리는 태어나는 순간부터 죽어가기 시작한다. 세월은 아무런 의미도 없다. 그러므로 육체는 그림자조차 아니다. 그림자의 그림자일 뿐이다. 그렇다면 우리는 이 육체의 굴레에서 어떻게 벗어날 수 있을 것인가. 여기 세상에서 최고의 지위에 올랐으면서 최고의 고통 속에 죽어간 사람의 독백이 있다.

알렉산더 대왕이 죽음을 앞두고 신하들을 모아놓고 다음과 같이 유언하였다.

"내가 죽으면 시신을 무덤으로 옮길 때 양 손을 관 밖으로 내놓도록 하라."

신하들이 놀라 물었다.

"그렇게는 할 수 없습니다. 폐하와 같이 위대한 인물에게 그런 불경스러운 장례 절차를 시행할 수는 없는 노릇입니다. 그 명을 거두어 주십시오."

그러자 알렉산더 대왕은 심각한 표정으로 대답했다.

"나는 세상 사람들에게 알렉산더 같은 사람도 빈손으로 간다는 것을 알리고 싶다. 나의 죽음에는 그 무엇도 동행하지 않는다. 나는 열심히 살았지만 돌이켜보니 평생을 낭비했을 뿐이다."

욕망을 버린 사람에게는 죽음도 어쩌지 못한다. 그는 육체의 미련을 버리고 죽음과 기꺼이 동행할 준비가 되어 있다.

돈, 권력, 명예 등등의 모든 욕망을 버리면 삶의 욕망도 개입할 틈이 없게 된다. 그대를 질투하게 하고 싸우게 하며 파괴하게 하는 것은 오로지 탐욕뿐이다. 집착뿐이다.

욕망을 버리면 그대는 순수한 의식일 뿐 아무 것도 아니다. 그런 상태에서 그대는 자신의 죽음을 볼 수 있다. 완전한 주시자가 되는 것이다. 그렇게 되면 어둠의 사자는 그대를 발견하지 못한다. 그 자리에는 거울과도 같이 투명한 빛이 있을 뿐이다.

욕망이 육체라면 의식은 순수 그 자체이다. 죽음으로써 그대는 빛이 된다. 그때부터 그대는 진정한 순례를 시작한다. 무한한 존재계, 그 안의 영원성 안으로 들어가라. 그리고 수많은 신비의 껍질을 벗겨내라.

세상에 만족하는 사람은 아무도 없다

"나는 명성에 완전히 지쳐버렸다. 사생활이란 사라지고 친밀한 인간 관계마저 자취를 감추었다. 나는 항상 사람들에게 둘러싸여 있었다. 어디를 가도 마찬가지였다."

유명해지기를 열망했고 마침내 유명인사가 되었던 철학자 볼테르의 고백이다. 이 말처럼 그는 자신의 염원을 성취하고 나서 세상에서 가장 불행한 사람이 되었던 것이다.

당시 프랑스에서는 유명인사의 옷 조각을 가지면 행운이 온다는 미신이 널리 퍼져있었다. 언젠가 여행을 끝내고 기차역에서 집으로 돌아왔을 때 그의 몰골은 말이 아니었다. 사람들이 너도 나도 그의 옷을 찢어 간직하려 했기 때문에 그는 거의 벌거숭이 상태였다.온 몸은 여기저기 상처투성이였다. 그 당시 볼테르는 눈물을 흘리며 후회했다.

"아아, 나는 유명해지기를 얼마나 열망했던가. 아무도 나를 아는 사람이 없었을 때 나는 자유인이었다. 그 시절은 참으로 아름다웠다. 그런데 지금 나는 결코 자유인이 아니다."

그 후 그는 스스로 무명인이 되기를 원했다. 그는 철저하게 혼자가 되었다. 일체의 글도 발표하지 않았다. 그리하여 마침내 그의 염원이 또 이루어졌다. 그가 세상을 떠났을 때 무덤에 따라온 것은 애견을 포함해 겨우 네 사람에 불과했다. 사람들은 그가 살아있었다는 사실조차 잊었었다. 마침내 그의 부음이 신문에 실리자 사람들은 이렇게 되물었다.

"볼테르가 아직까지도 살아있었나?"

볼테르는 신기루를 우리에게 보여 주었다. 멀리서 아름답게 보이던 것을 구했지만 그것은 결코 아름답지 못했다. 오히려 그것은 불행의 원천이었다.

많은 사람들이 볼테르와 같은 희망을 가지고 살아가지만 그것이 일찌감치 허상이라는 것을 깨닫고 돌아서는 사람은 찾기 힘들다. 왜인가. 그것은 욕망 때문이다.

멀리서 바라보는 갠지즈 강물은 참으로 아름답다. 하지만 가까이에서 들여다본 그 성스러운 강물은 온갖 오물과 시체와 기름으로 가득 차 있다.

거리를 두고 먼 곳에서 보아야만 아름다운 것들이 있다. 돈을 갖지 못한 사람에게는 돈이, 명성을 얻지 못한 사람에게는 명성이, 권력을 얻지 못한 사람에게는 권력이 그러하다. 하지만 그 모든 것을 겪은 사람에게는 그것이 더 이상 아름답지 않다. 오히려 누추한 시각이었을 뿐이다. 이런 실체를 경험한 사람이라면 삶의 출발선상에 다시 서고 싶을 것이다. 가능하다면 말이다.

사람들은 신기루를 좇아 달려간다. 결코 멀리서 보고 싶어하지 않는다. 자신이 만져보고 겪어보고 싶어한다. 그 체험자가 바로 볼테르이다. 부처는 그런 사람들의 욕망을 잠든 마을과 같다고 말하였다. 일순간 죽음의 모래바람이 불어와 모든 환각을 휩쓸어가 버리는 것이다.

세상 안에서 만족한 사람은 아무도 없다. 그것은 불가능하다. 만족이란 오로지 그대의 내면에 있는 본성이다. 마음이 편안한 집을 가질 때 그대는 비로소 안정된다. 아무리 안락한 공간과 가구와 돈이 그대를 휘감고 있다 한들 번민은 쉴 틈이 없다. 만족하지 않기 때문이다.

서양의 부자들이 인도에 오면 가난하고 헐벗은 인도인들이 의외로 만족한 표정으로 살아가는 모습을 보고 충격을 받는다. 아무 것도 가진 게 없는 이 사람들이 왜 그토록 평온해 보이는가. 과연 인도가 영적으로 충만한 나라이기 때문에 그런 것일까?

아니다. 그것은 결코 아니다. 그들 역시 신기루를 보고 있을 뿐이다. 인도인들은 결코 내적으로 풍요로워서 행복에 겨운 삶을 살고 있는 것이 아니다. 그들은 하루하루를 연명하기에 바쁘기 때문에 편히 앉아서 자신들이 겪고 있는 불행을 되씹어볼 여유조차 없다. 비참함을 느낄 수 없을 정도의 비참함, 비교의 대상이 없으므로 비교할 수 없을 뿐이다.

그대는 인도인과 정반대이다. 가난함이 아니라 풍요함 때문에 그대는 허탈하다. 물질에 만족하지 못하므로 마음은 더욱 많은 것을 원하고 있다. 그리하여 엉뚱한 문제를 만들어낸다. 그것은 곧 불행과 근심이다.

이 풍요로움의 자식들은 그대를 자살이나 광기로 몰아갈 수도 있고 종교로 밀어 넣을 수도 있다. 그것은 양자택일의 가능성이 있다. 부자는 자살을 꿈꾸거나 명상가가 될 수밖에 없는 것이다. 그러므로 진정한 부자는 오히려 유익하다고 말할 수 있다.

가난한 사람은 그럴만한 여유가 없다. 그는 하루의 양식을 구하기 위해 너무나 지쳐있다. 그는 사원에 가면 항상 세속적인 것을 얻기 위해 기도한다. 아내의 병이 그를 지치게 하고 아이들의 학비가 등을 짓누른다. 오늘 하루의 식량을 구하기 위해 발바닥이 성할 날이 없다. 그렇다면 그들이 원하는 종교는 뻔하지 않은가.

수피 성자 파리드에게 마을 사람들이 몰려와 이렇게 말했다.

"성자여. 악바르 황제는 당신을 존경하고 있습니다. 그러니 황제에게 부탁하여 우리 마을에 학교를 세워 달라고 간청해 주십시오."

그리하여 파리드는 델리에 있는 황제를 찾아갔다. 마침 황제는 사원에서 기도를 하는 중이었다. 가까이 다가간 파리드는 황제의 기도 내용을 들을 수 있었다.

"자비의 신이시여, 저에게 더 많은 부를 주소서. 더 큰 왕국을 경영하게 해 주소서."

이 말을 들은 파리드는 즉시 돌아서서 사원을 나왔다. 기도를 끝낸 황제가 시종으로부터 그가 왔다는 말을 듣고 다급하게 뒤쫓아가 무릎을 꿇고 물었다.

"성자시여. 왜 그냥 돌아가시려 하십니까?"

그러자 파리드는 말했다.

"나는 그대가 부자인 줄 알았소. 그런데 아직도 그대는 가난하다는 것을 알았소. 그대는 아직도 더 많은 권력과 돈을 원하고 있는데 내가 어찌 마을에 학교를 세워달라고 부탁할 수 있단 말이오. 그대는 아직도 가난한데 말이오. 내가 마을에 돌아가면 돈을 걷어 그대에게 가져다주겠소. 학교 문제는 내가 신에게 직접 부탁해야만 하겠소. 부자인 내가 왜 가난한 그대를 중개인으로 내세워야 한단 말이오."

이 말에 깨달음을 얻은 악바르 황제는 훗날 자서전에서 이렇게 고백했다.

"나는 난생 처음으로 깨달았다. 내가 아직 부자가 아니며 아직 이 모든 재물에 만족하지 못했다는 것을……. 재물은 나에게 아무 것도 주지 못했다. 그런데 나는 거의 무의식적으로 더 많은 것을 요구하고 있다. 이제 그 짓을 끝낼 때가 되었다. 삶이 많이 흘러갔는데도 나는 여전히 쓰레기만을 신에게 요구하고 있었다. 그리고 많은 것을 축적했지만 아무 것도 얻지 못했다."

이처럼 없는 사람이나 있는 사람이나 항상 더 많은 것을 요구하고 있다.

보라. 그대가 세상을 살만큼 살고 그 공허함을 알았을 때 생기는 종교, 물질적인 욕구가 아직 만족하지 않았기 때문에 생기는 종교는 너무나도 다르다.

세상에는 이처럼 두 가지 종교성이 있다. 바로 세속적이고 물질적인 가난한 사람의 종교와 영적이고 비물질적인 부자들의 종교이다.

가난한 자의 종교는 가난하다. 부자의 종교는 풍요롭다. 그러므로 나는 풍요로운 사회를 창조하는 데 반대하지 않는다. 그것은 전적으로 권장되어야 할 일이다. 사람들의 세속적인 부가 정점에 도달하여 완전하게 절망할 수 있어야만 종교성이 극치에 도달하기 때문이다.

그대의 종교는 과연 어떤 모습인가. 기실 가난도 부유도 깨달음에는 아무런 도움이 되지 않는 것이다. 요구하는 것이 욕망에 기인하기 때문이다. 요구하지 말라. 그대가 부자로써 아직도 절망할 수 없다면 버려야 한다.

끝이 보이지 않는 신기루를 쫓아가는 바보가 되지 말라. 황제가 이미 깨닫고 그대에게 보여주었다.

자신의 축제를 즐겨라. 그러나 만족하지 말라

마두까리(madhukari), 곧 벌처럼 꿀을 모아라.

승려들은 결코 한 집에서 탁발하지 않는다. 그들은 이 집 저 집 돌아다니며 쌀을 얻는다. 그들은 결코 같은 집에는 두 번 가지 않는다. 이것이 마두까리이다.

벌은 이 꽃에서 저 꽃으로 계속 옮겨 다닌다. 벌은 조용히 왔다가 조용히 사라진다.

부처는 의식의 각성을 이룬 사람은 벌처럼 산다고 말한다. 그 사람은 결코 이 세상의 아름다움을 손상시키지 않으면서 그 자체로 아름답다. 소박한 그의 삶은 내일을 위해 저축하지 않는다. 오늘로서 충분하기 때문이다.

내면에 정착하지 않는 사람은 집착하는 사람이다. 집착이란 병적인 정신 상태이다. 그대는 오늘도 한 여자에게 집착하고 있다. 그대는 오늘도 돈에 집착하고 있다. 그대는 오늘도 권력에 집착하고 있다. 그대는 결국 그 집착으로 모든 것을 잃어버릴 것이다. 집착에 관하여 한 시인은 이렇게 말했다.

"나는 한 가지 이상한 사실을 발견했다. 진정으로 아름다운 사람과 사랑에 빠졌을 때 나는 그를 소유할 수 없다. 만일 소유하고자 하는 마음을 먹게 되면 내가 그의 아름다움을 파괴하고 있다는 것을 즉시 느낄 수 있다. 만일 그에게 집착한다면 나는 어떤 면에서 한 사람의 자유를 해치고 있는 것이다."

이처럼 시인은 참으로 예민하기에 보통 사람들이 인식하지 못하는 많은 것을 바라본다. 그것은 매우 심오한 통찰력이다. 그는 집착이 서로를 파괴하고 있음을 감각하고 있는 사람이다.

진정 사랑하는 사람이 있다면 소유하려고 하지 말라. 소유란 곧 파괴이기 때문이다. 소유란 사랑이 없을 때만 가능하다. 사랑의 가면을 썼을 때만 그대는 누군가를 가졌다고 말할 수 있다. 수렁에 빠졌다고 자랑할 수 있다.

그대여. 벌처럼 춤추고 노래하며 자신의 축제를 즐기라. 하지만 거기에 집착하지 말라. 그대가 성숙하는 것은 오로지 경험을 통해서이다. 한곳에 매이지 말라. 흘러가는 물이 되어라. 고이면 썩기 마련이다.

진정한 씨앗이 되어라. 그리하여 꽃을 피워내라

인간은 존재가 아니라 생성이다.
인간은 본질이 아니라 실존으로 태어난다.

모든 존재의 삶은 이미 고정되어 있다. 그들은 태어날 때부터 하나의 운명을 갖고 태어난다.

개는 개로 고양이는 고양이로 살아가다 죽어간다. 소나무는 소나무로 장미는 장미로 살다가 시들어간다. 하지만 인간만은 예외이다. 오로지 인간만이 가능성과 자유의 상태로 남아있는 것이다.

이것이 우리 인간의 숭고함이며 영광이다. 하지만 이것은 거꾸로 인간이 굴욕과 비천의 나락에 떨어질 수도 있음을 의미한다. 인간은 동물 이하로 전락할 수도 있고 위대한 신들을 뛰어넘을 수도 있는 존재이다. 그 방법은 인간이 가진 최대의 잠재성을 발휘하는 것, 그 궁극적인 상태인 깨달음으로서만 가능하다.

힌두교인들은 부처를 왜 경원시하는가. 그것은 부처가 신들보다 위에 있는 존재이기 때문이다.

그들에게 있어 신들은 꿈꾸는 존재이다. 그들은 천국이나 지옥에서 쾌락과 증오의 꿈을 꾼다. 하지만 부처는 깨어있다. 싯다르타 고타마가 깨달음을 얻은 날 하늘에서 신들이 내려와 그를 경배하고 발을 씻겼다고 한다.

힌두교인들로서는 도저히 이런 사상을 수용할 수가 없었다. 그들에게 있어 신은 지고무상의 위치에 있다. 그런데 그들이 한낱 인간에 불과한 고타마의 발을 씻다니……, 그것은 도저히 용납할 수 없는 사건이었다.

'인간은 가장 지고한 진리이다. 그보다 더 높은 진리는 없다.'

명상의 시인 찬디다스는 이렇게 인간을 찬양하였다. 그러나 명심하라. 그대여. 여기에서의 인간이란 부처와 마찬가지로 깨달은 인간이다. 그대는 아직 이런 헌사를 받을 수 없다.

그대는 단지 하나의 씨앗에 불과하다. 그 씨앗은 다음과 같은 네 가지의 가능성을 갖는다.

첫째, 씨앗은 영원히 씨앗으로 남을 수 있다. 그는 아무런 시도도 없이 스스로 고립되어 있다.

그는 아직 땅과 하늘, 공기, 바람, 태양, 별들과 교감하지 못하고 있다. 그는 현재 죽은 씨앗이다. 그대의 잠재성은 숨을 쉬지 않는다.

둘째, 씨앗이 용기를 내어 흙 속으로 파고든다. 드디어 그는 껍질을 벗고 대지의 문을 두드린다. 하지만 자신의 죽음이 어떤 윤회를 향할 것인지 아무런 확신이 없다.

그러므로 그것은 아직 서투른 용기에 불과하다. 껍질을 벗은 씨앗은 너무나 여리고 부드럽다. 그런 만큼 어린 싹은 항상 위험에 노출된다. 하나의 시도, 그것이 두 번째 가능성이다.

셋째, 많은 싹들이 새들에게 쪼이고 폭풍우에 쓰러지고 극소수의 씨앗만이 꽃을 피우는 단계에 들어갈 수 있다.

그들은 탐욕과 인색함을 버리고 존재계에 자신의 영혼을 쏟아 붓는다. 그리하여 자연과 교감하면서 온갖 미움과 증오를 버리고 사랑을 펴나간다. 그것은 자신에게 베푼 존재의 이유를 근원에게 거꾸로 돌려주는 일이다. 그때 나무는 비로소 꽃을 피운다.

넷째, 꽃이 향기를 내뿜는 단계이다. 꽃은 여전히 거칠고 물질적이다. 하지만 향기는 눈에 보이지 않고 잡을 수도 없지만 냄새로 느낄 수 있다.

이 향기의 너머에는 아무 것도 없다. 향기는 우주 속으로 사라져 우주와 하나가 된다.

이것이 그대 앞에 주어진 네 단계이다. 씨앗에 머물지 말라. 나무로 머물지 말라. 꽃으로 머물지 말라. 그대는 하나의 향기가 될 수 있다. 향기가 발산되지 않는 한 그대는 자유롭지 못하다. 구속에서 벗어나라.

그대는 아직 작은 몸 속에 갇혀있다. 자아, 분노, 탐욕, 질투, 소유욕 등 모든 무거운 것들이 그대를 감옥처럼 튼튼하게 옭죄고 있다.

그대는 욕정 없는 사랑을 모른다. 그대는 아무 제한이 없는 상태를 알지 못한다. 그리하여 조악한 율법에 묶여 계속 추락하고 있다. 안타깝게도 그대는 위로 올라가는 법을 알지 못한다. 그대여. 상승하라. 머물지 말라.

　과학에서는 중력을 말하면서 공중부양을 말하지는 않는다. 그러나 자연계의 모든 것은 양극단에 의해 균형을 이룬다.

　이것은 간단한 사실이다. 아래로 끌어내리려는 힘이 있다면 위로 올리려는 힘은 분명히 존재한다. 그것을 시적인 언어로 표현한다면 곧 '기품'이다.

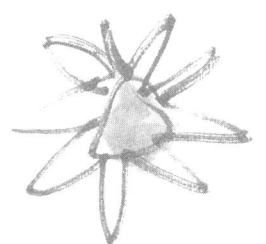

감옥에서 벗어나라. 참 자유인이 되어라

한 러시아인이 늙고 병든 몸으로 자리에 누워 있었다. 어느 날 밤이었다. 갑자기 누군가가 그의 방문을 요란하게 두드렸다. 그는 지친 몸을 일으켜 문 앞으로 다가가서 물었다.

"이 밤중에 대체 누구요?"

그러자 으스스한 음성이 들려왔다.

"나는 죽음의 사신이다."

그 말을 들은 러시아인은 한숨을 푹 내쉬며 중얼거렸다.

"깜짝 놀랐네. 난 또 비밀경찰인줄 알았지 뭐야."

인간의 진정한 아름다움은 절대적인 자유에 있다. 진정으로 덕이 있는 사람은 자유롭게 살아간다. 그는 주어진 계명과 경전을 따르지 않는다. 그는 또 다른 사람을 따르지 않는다. 오로지 자기 내면의 빛을 따른다. 그는 자신의 가슴에 따라 사는 삶의 혁명가이다.

그는 과거와 사회 전체, 모든 관습을 부정한다. 죽은 과거에 맞섬으로써 자신의 자유를 선언하는 것이다.

　다음과 같은 이야기를 들어 보라. 자유롭지 못한 자가 진정으로 자유로운 사람을 호도하는 꼴을 보라. 누가 이런 말을 지어냈는가. 그대는 이런 쓰레기 같은 말에 미혹되지 말라.

　예루살렘에서 거리의 창녀가 사람들에게 둘러싸여 돌팔매질을 당하고 있었다. 그때 예수가 그들 앞에 나서서 말했다.

　"너희들 중 죄 없는 사람이 먼저 돌로 쳐라."

　그러자 한 중년 부인이 커다란 돌을 들고 와서는 창녀를 쳤다. 창녀는 즉사했다. 그때 예수가 참담한 표정으로 지으며 중얼거렸다.

　"어머니, 당신은 가끔 저를 난처하게 하는군요."

　성자로 불리는 위선자들이 너무나도 많다. 그들이 내뱉는 말은 그들의 생각이 아니다. 그러므로 그들은 설교하면서 도덕을 부르짖고 절차를 따진다. 하지만 알맹이는 아무 것도 없다. 그들은 빈털터리 철학자일 뿐이다.

　진정한 성자는 도덕주의자가 아니다. 그는 자신이 신에게 얼마나 많이 용서받았는지를 아는 까닭에 자신도 용서할 줄 아는 존재이다. 그는 인간의 한계를 알고 있다. 인간으로서의 고통을 알기 때문이다. 그러므로 그는 용서하고 이해하는 존재이다. 예수는 이렇게 말했다.

　"먼저 신의 왕국을 구하라. 그러면 다른 모든 것은 저절로 얻을 것이다."

그대는 갇혀 있다. 그대는 긴 줄에 매인 채 스스로 자유롭다고 믿는 어리석음을 범하고 있다.

그대는 자신이 머물러 있는 한 나라조차 감옥인 것을 깨닫지 못하고 있다. 어느 날 국경을 넘어가 보라. 그러면 자신이 등록된 죄수였다는 것을 알게 된다. 감옥이 충분히 넓었으므로 그 동안 느끼지 못했을 뿐이다. 이제 그 감옥을 벗어나 다른 감옥으로 가려 하면 그제서야 하나의 경계선이 눈에 들어온다.

이처럼 모든 인간은 예외 없이 크고 작은 감옥 안에 살고 있다. 세상의 모든 헌법은 여행의 자유가 인간의 권리라고 말하지만 그것은 새빨간 거짓말이다.

국가는 거대한 감옥이다. 공무원들은 간수이고 대통령은 교도소장이다. 그들은 그대의 안전을 빌미로 도망치지 못하도록 서류상으로 실제상으로 철저하게 감시하고 있다.

이 거대한 감옥 속에 또 감옥이 들어있다. 종교의 감옥을 보라. 힌두교, 기독교, 불교 등도 감옥을 보라.

기독교인은 교회에 나가지만 사원에 갈 수는 없다. 힌두교인은 사원에 나가지만 교회는 개념조차 없다. 모두가 다른 감옥일 뿐이다. 기독교인은 교회가 아니면 그 누구도 구원받을 수 없다고 배웠다. 하지만 교회도 카톨릭과 개신교 등등 작은 감방으로 계속 분화되어 있다.

정치의 감옥도 있다. 사회주의자, 자본주의자, 무정부주의자들의 감옥, 그 안에는 또 쓸모 없는 이론에 따라 무슨 파 무슨 파로 갈라져있는 작은 감방이 나온다.

사회에도 감옥은 널려있다. 로터리 클럽, 라이온스 클럽, 민족민주

연합이니 자유해방전선 따위의 온갖 아름다운 이름으로 치장한 그룹들이 있는 것이다.

죄수들은 감방 안에서 그대를 하나의 인간으로 남겨두려 하지 않는다. 그렇게 되면 그들 자신이 죄수라는 것을 긍정하기 때문이다. 그러므로 그들은 감방 안을 치장하고 편안한 법칙, 벗어나지 못하게 하는 사슬들을 반짝반짝 윤이 나게 닦아낸다. 그 안에 또 하나의 제국을 만든다.

경계하라. 그대는 자신의 삶을 무엇으로 만들고 있는가. 그대가 자신을 무엇으로 만들었는지 다시 한 번 곰곰이 생각해 보라.

그대가 감옥 안에 있다면 감옥 밖에 있는 자만이 그대를 구원할 수 있다. 그런데 그대는 감옥을 집으로 인식하도록 세뇌까지 당했다.

보라. 그대의 너울을 벗겨줄 사람은 안에 있겠는가. 밖에 있겠는가. 그 해답은 자명하다.

그렇다면 그는 누구이겠는가. 바로 먼저 깨달은 사람, 먼저 자유인이 된 사람이다. 그를 발견하라. 기회를 놓치지 말라. 그의 존재 안에서 복종하고 휴식하라. 그의 각성된 의식을 흡수하라. 그의 향기가 그대를 둘러싸게 하라. 그러면 그대 또한 깨어날 날이 멀지 않다. 그대는 성스러운 탈옥을 감행할 수 있게 된다.

지혜로운 이는 자신의 마음을 다스린다

어떤 사람이 얼굴을 찌푸린 채 절룩이며 걸어가고 있었다. 우연히 이를 본 한 의사가 다가가서 말했다.

"여보시오. 내가 보기에 당신은 맹장염에 걸린 것 같으니 빨리 병원으로 가보시오."

이 말을 들은 그는 병원으로 가서 맹장을 떼어냈다. 하지만 그는 여전히 다리를 절었다. 그래서 다른 병원에 찾아가니 그곳에서는 한쪽 신장이 나쁘다며 떼어내 버렸다. 하지만 그는 여전히 절룩거렸다. 또 다른 병원에 찾아가니 그곳에서는 그의 다리뼈가 휘었다며 교정수술을 하였다.

그러던 어느 날이었다. 그는 모처럼 환한 얼굴로 거리에 나왔다. 그때 그에게 처음 병원에 갈 것을 권한 의사가 다가가서 물었다.

"아, 참 좋아 보이는군요. 당신의 병이 완전히 나은 것 같아요. 대체 어떤 병원에서 치료를 받으셨습니까?"

그러자 그 사람은 의사를 바라보고 소리쳤다.

"흥, 예전의 그 눈먼 의사로구먼. 나를 고친 사람은 나요. 구두 밑창에 박힌 못을 뽑아버렸더니 깨끗이 나았단 말이오. 당신네 의사들은 제대로 알지도 못하면서 멀쩡한 내 몸의 부분들을 닥치는 대로 잘라내기만 했을 뿐이오."

지식은 이처럼 가소롭다. 지식인들은 그들 스스로 난해한 문제를 만들어 내고 그에 대한 해결책을 제시한다. 그들은 문제가 많을수록 유용한 사람들이다.

그러나 인간이 풀어내야 할 진짜 문제는 너무나 사소하게 보이는 삶에 있음을 그들은 모르고 있다. 그것은 그들이 머리 안에 살고 있기 때문이다. 머리는 유식해질 수 있지만 가슴은 지혜로워질 수 있다. 지식은 논리적이지만 가슴은 직관적이다. 그러므로 밝은 눈은 가슴으로만 뜨인다.

지혜로운 자는 통찰의 눈을 뜨기 위해 노력한다. 하지만 지식의 노예인 그대는 빛이 아니라 어떤 지시를 원한다. 누군가의 안내를 받아야만 그대는 책임을 회피할 수 있기 때문이다. 왜 자신의 공간에서 도망치려고 하는가. 자신이 자신을 책임지지 않는 한 아무도 그대를 이끌어 줄 수 없다.

그대의 마음은 지름길을 원한다. 항상 더 쉬운 일을 원한다. 하지만 그 마음은 그대를 그릇된 길로 몰아가 돌이킬 수 없는 지경에까지 이르게 된다. 그것은 달콤한 독약이다.

지혜의 맛은 매우 쓰다. 하지만 그것은 좋은 약처럼 그대를 순수하게 정화시킨다. 그대는 무슨 약을 먹고 싶은가.

부처의 제자인 사리부처가 어느 날 깨달음을 얻었다. 하지만 그는 자신의 깨달음을 스승에게 알리지 않았다. 오히려 그는 며칠 동안 스승의 눈에 띄지 않는 곳에 숨어 있었다. 그러나 부처는 그의 변화를 알고 있었다. 그래서 제자들을 불러 명했다.

"사리부처를 찾아오너라. 그는 이미 깨달았다. 그 빛을 어찌 숨길 수 있겠느냐."

제자들이 사리부처에게 가서 부처의 말을 전하자 그는 고개를 저으며 말했다.

"나는 가지 않겠다. 스승은 나로 하여금 중생들에게 가르침을 전하라고 할 것이다. 깨달음을 얻었으니 세상에 그 종소리를 퍼트려 사람들을 깨우라고 나를 떠나보낼 것이다. 하지만 나는 스승의 곁을 떠나고 싶지 않다. 그는 나의 빛이다."

하지만 그는 결국 떠날 수밖에 없었다. 스승의 명은 지엄했다. 사리부처는 눈물을 흘리며 동쪽으로 떠났다. 그런데 깨달음을 전하면서도 그는 매일 아침 일어나 스승이 계시는 서쪽을 향해 경배를 올렸다. 이를 보고 사람들이 이상히 여겼다.

"사리부처님, 당신도 이미 부처가 되었는데 왜 날마다 서쪽을 향해 절하십니까?"

그러자 사리부처는 이렇게 대답했다.

"나의 깨달음은 그리 중요한 문제가 아니다. 나의 스승은 서쪽에 계시며 나는 여전히 그의 빛을 쬐고 있다. 그러므로 나는 깨달음을 포기할지언정 스승님을 버릴 수는 없다. 스승과 일체를 이루는 것에 비하면 깨달음이란 아무 것도 아니다."

일본의 선승 난인은 제자들에게 이렇게 말했다.

"내 손가락을 보지 말고 달을 보아라."

이 말을 무슨 뜻인가. 스승이 가리키는 달을 보아라. 스승의 손가락에 매달리지 말라. 부처의 깨달음이나 예수의 지혜가 그대의 지혜는 될 수 없다. 단지 그들은 암시하고 가리킬 뿐이라는 뜻이다.

그들의 존재를 흡수하라. 깨달은 이들에 파장에 동조하라. 스승과 완전한 일체가 되는 것, 그것은 사트상(satsang)이라고 부른다. 스승과 한 리듬을 타고 춤추는 것, 서로간의 경계가 허물어지고 하나가 되는 것. 각성하는 것. 그리하여 그대에게 지혜의 향기가 일어나면 마음을 깨달은 자에게 향하게 하라.

지혜로운 사람은 자신의 마음을 다스린다. 진리를 향해, 존재계의 궁극적인 법을 향해, 깨달은 자를 향해 마음을 다스릴 때에는 혼란스런 마음이 가라앉고 고요함과 평온함을 얻는다. 그대는 잔잔한 호수가 된다. 그 안에 진리가 스며든다.

하늘과 별과 태양의 모든 것들이 호수 안에 깃든다. 완전히 투명한 정신, 모든 잡초는 뽑혀나가고 구름 한 점 없이 청정해진다.

죽음을 넘어서는 사람만이 궁극에 도전할 수 있다

부처가 기적을 일으킬 수 있을 것이라는 소문을 듣고 한 여자가 죽은 아들을 안고 부처를 찾아갔다.

"부디 제 아들을 되살려 주십시오."

그러자 부처는 미소지으며 이렇게 말했다.

"여인이여. 네 소원을 들어주겠다. 그러니 마을에 내려가서 겨자씨를 한 웅큼 얻어 오너라. 단 여태까지 아무도 죽은 사람이 없는 집에서 얻어 와야 한다."

이 말을 들은 여자는 곧장 마을로 달려갔다. 마을에는 집집마다 막 수확한 겨자씨가 가득 쌓여 있었다. 그녀는 사람들에게 아들을 살려야 하니 겨자씨를 좀 달라고 부탁했다. 그러나 사람들은 모두가 한결같이 고개를 저었다. 그들은 이렇게 말했다.

"우리는 당신에게 얼마든지 겨자씨를 줄 수 있습니다. 하지만 조건이 맞지 않는군요. 우리 집에서는 많은 사람이 죽었습니다. 아버지, 할아버지, 할머니……, 이루 헤아릴 수가 없을 정도입니다."

여자는 마을에서 겨자씨를 얻을 수가 없었다. 왜냐하면 어느 집이든지 누군가가 죽었기 때문이었다. 아무도 죽은 사람이 없는 집은 찾아

볼 수가 없었다. 저녁이 다 되어 부처에게 돌아온 여인의 손에는 아무 것도 들려있지 않았다. 그런데도 그녀의 얼굴에는 웃음이 가득했다. 부처가 그녀를 보고 물었다.

"여인이여. 그대는 왜 웃는가?"

"당신은 저를 속였습니다. 저는 어리석었습니다. 인간은 누구나 죽어야 합니다. 그러므로 제 아들이 죽은 것은 슬픈 일이 아니었습니다. 그 아이 역시 언젠가 죽을 것이기 때문입니다. 오히려 저보다 먼저 죽은 것이 잘된 일일는지도 모르겠습니다. 제가 먼저 죽었다면 아들은 매우 고통스러워했을 테니까요. 이제 저는 당신의 제자가 되고 싶습니다. 죽음을 넘어선 것이 있는지 없는지 궁금해졌기 때문입니다."

"그렇다. 그것이 나의 목적이었다. 그리고 그대는 이제 깨달았다."

예수는 무엇 때문에 죽은 나자로를 다시 살려냈을까. 예수가 진정으로 부처라면 죽은 사람을 다시 살리지 않았을 것이다. 죽음은 필연적으로 일어나는 것이므로.

부처는 삶의 연장에는 관심이 없다. 단지 죽음이 있다는 것을 그대에게 깨우쳐 주는 것으로 족하다. 그는 그대를 죽음 너머로 데려가고자 한다. 그렇다면 예수는 부처가 아니라는 말인가.

그렇지 않다. 그는 부처였다. 그러므로 나자로의 죽음과 부활의 이야기에 대한 기독교인들의 이해가 사실이 아닐 것이다. 화살을 제대로 겨누어 보라. 나자로가 되살아났다는 것은 그가 예수에 의해 영적으로 다시 태어났음을 의미하는 것이다. 일찍이 예수는 말했다.

"다시 태어나지 않는 한 그대는 신의 왕국에 들어갈 수 없을 것이다."

이 말은 그대의 육체가 죽은 다음 아기로 다시 태어나야 한다는 말이 아니다. 그것은 불가능하다. 사람은 죽으면 결코 되살아나지 못한다. 잠에서 깨어나라. 예수는 나자로에게 영적인 깨달음을 주어 새로운 삶을 살게 하였던 것이다. 그리하여 이렇게 소리치지 않았던가.

"나자로여. 무덤에서 나오라. 다시 태어나라."

그대 역시 이런 무덤에서 나와야 한다. 다시 태어나 신의 왕국으로 들어가야 한다.

사람들은 자신이 어디로 가는지도 모르면서 서두른다. 그들은 정신없이 달려가면서도 목적지를 모른다. 모두가 똑같은 강둑을 오르내리면서 말이다.

강을 건너가라. 저편에는 시간과 죽음을 초월한 영원과 신이 있다. 영적인 저쪽 기슭은 오로지 용기를 가진 사람만이 도달할 수 있다.

　죽음은 순간에 다가온다. 그러므로 그대는 죽음에 의해 자신이 파괴되지 않도록 노력해야만 한다.

　죽음은 탄생보다 더 중요하다. 그대는 자신의 탄생으로서 무엇인가 깨달을 기회를 이미 놓친 사람이다. 하지만 죽음은 그대가 알아낼 수 있다. 받아들일 수 있다.

　기독교인, 유태교인, 이슬람교도들은 단 한 번의 생을 믿는다. 그들은 의식적으로 죽은 뒤에 의식적으로 태어난다. 그 삶은 진정한 삶이며 헤아릴 가치가 있는 유일한 삶이다. 그것이 이 세 전통적인 종교가 전생을 헤아리지 않는 이유이다.

　기실 그들은 전생을 알고 있다. 예수도 마찬가지이다. 그러나 그 삶들은 헤아릴 가치가 없다. 왜냐하면 그대는 잠들어 있었고 꿈꾸고 있었기 때문이다.

　그대는 의식적으로 죽어야 한다. 그래야만 의식적으로 다시 태어날 수 있다. 그것은 깨우침의 길이다.

집착에서 벗어나라. 그러면 현재에 자유롭다

깨달은 이 난닌 대선사는 젊은 시절 스승을 찾기 위해 오랫동안 방황했다. 그러다가 마침내 스승을 만났다. 난닌이 엎드려 절하자 스승이 물었다.

"네가 사는 지방에는 쌀값이 얼마인가?"

난닌은 망설이지 않고 대답했다.

"저는 지금 여기 있습니다. 저는 결코 뒤돌아보지 않습니다. 그러므로 쌀값에 대해서는 알 수 없습니다."

이 말을 들은 스승은 난닌을 껴안고 축복하였다.

"네가 쌀값을 말해 주었다면 나는 너를 쫓아냈을 것이다. 나는 쌀장수에 대해서는 별로 관심이 없기 때문이다."

매 순간 각성을 유지할 수 있다면 그대는 죽음을 넘어선 그 무엇, 파괴되지 않는 그 무엇이 존재한다는 사실을 분명히 알게 될 것이다. 그것은 새로운 삶의 시작이다.

어둠의 길에서 벗어나 빛의 길을 걸어라. 그리하여 진정한 그대의 집으로 돌아가라. 그 집은 그대의 마음속에 있다. 타산적인 마음, 논리, 돈, 탐욕 등을 벗어 던지려는 그대의 내면에 그것이 있다. 그것은 미지의 바다이며 우주로 떠나는 여행이다.

지름길을 찾는 사람들, 손쉽게 신과 조우하려는 사람들, 진리에 대한 대가를 한푼도 치르려 하지 않는 사람들은 결코 집으로 돌아가지 못한다. 그들은 어둠의 미로에서 서성대다가 고단한 생을 마칠 것이다.

집착하지 말라. 집착에서 벗어나면 과거와 미래에서 해방되어 현재 안에서 자유롭다. 그렇게 지혜로운 자는 세상에서 스스로를 비추는 빛이 된다. 순수하고 자유롭게 빛나는 빛이 된다.

대선사 난넌이 제자들과 함께 차를 마시며 이야기하고 있을 때 유명한 철학자가 그를 찾아왔다. 그런데 무슨 이유에서인지 그는 방에 들어오면서 섬돌에 신발을 아무렇게나 벗어 던지고 문을 쾅 소리가 나게 닫았다. 이런 그의 신경질적인 태도에 난넌은 대노하여 큰소리를 쳤다.

"그대는 지금 문과 신발에 무례를 범했다. 그들이 그대를 용서하지 않는 한, 그대가 용서받은 모습을 보지 못하는 한 나는 그대를 허락할 수 없다. 당장 밖으로 나가라!"

학자는 문득 자신의 실수를 깨달았다. 하지만 그 때문에 자신을 쫓아내는 난넌의 의도를 이해할 수가 없었다. 그래서 떨떠름한 표정으로 고개를 숙이며 물었다.

"스님. 잘못했습니다. 하지만 제가 어떻게 신발이나 문에게 용서를 구할 수 있단 말입니까? 그들은 죽은 물건입니다. 아무런 의식도 없는 신발과 문이 또 저를 어떻게 용서할 수 있겠습니까?"

그렇지만 난닌은 그를 노려보며 단호한 어조로 이렇게 소리쳤다.

"죽어있는 물건에게 화를 낼 수 있다면 그들에게 용서를 구하는 것도 가능하다. 그대가 화를 내는 것이 아무렇지도 않다면 당연히 용서를 구할 준비도 되어 있어야 한다. 나가서 당장 그들에게 용서를 구하라."

학자는 어쩔 수 없이 밖으로 나가 자신의 신발과 문에 엎드렸다. 그리고 한없이 용서를 빌었다. 그는 훗날 자신의 회고록에서 이때의 마음을 이렇게 표현하였다.

"그 때 엄청난 침묵이 내 몸을 휘감았다. 나는 난생 처음으로 자아에서 해방되는 것을 느꼈고 내면의 문이 활짝 열렸다. 한참 뒤 내가 자리로 돌아가자 스승은 웃으며 나를 맞이하였다."

이렇게 학자가 신발과 문에 용서를 구하고 방에 들어오자 난닌은 그를 보고 말했다.

"이제 그대는 준비가 되었다. 그대가 준비를 끝내지 않았다면 무엇인가가 미완성으로 남았을 것이고, 그렇게 되면 완성되지 못한 것이 영원히 그대 주변을 맴돌았을 것이다. 문과 신발에 무례를 범한 그 행동의 전과정을 완결 짓지 않았다면 어디에서 왔는지도 모를 그대의 분노는 또 항상 어디엔가 남아있게 되는 것이다."

그대는 우월하다고 믿는가. 그렇다면 그대는 열등하다

라마 크리슈나는 농부의 아들이었다. 그가 13살 때의 일이다. 농장에서 집으로 돌아가는 길에 호숫가를 지나가게 되었다. 갑자기 하늘에서 먹구름이 몰려오더니 천둥이 쳤다. 곧 비가 쏟아질 것만 같았다. 그는 놀라서 집으로 뛰어가기 시작했다. 그런데 호수에 있던 백조들이 그의 기척에 놀라 하얗게 하늘로 날아올랐다.

바로 그 순간 라마 크리슈나는 다른 세계를 경험하였다. 흰빛으로 인하여 순수와 결백의 상징으로 여겨지는 백조떼의 비상이 놀랄만한 엑스터시를 그에게 안겨주었던 것이다. 그는 자신에게 쏟아지는 엄청난 황홀경을 이겨내지 못하고 그만 둑 위에 쓰러지고 말았다.

잠시 후 농장의 농부들도 비에 쫓겨 집으로 가기 위해 호숫가를 지나다가 둑 위에 쓰러져 있는 라마 크리슈나를 발견하였다. 그 때 라마 크리슈나는 의식이 없었지만 엄청난 희열의 미소를 띠고 있었다. 신비로운 광채가 그의 몸을 감싸고 있었다. 농부들은 놀라 무심결에 무릎을 꿇고 그에게 경배하였다. 그리고 농부들은 라마 크리슈나를 집으로 옮겼다. 얼마 뒤 사람들은 의식을 찾은 그에게 무슨 일이 있었는가를 물었다.

"저 너머에서 이런 메시지가 왔습니다. 크리슈나여, 백조가 되라. 날개를 펴라. 온 하늘이 너의 것이다. 호수의 안식에 미혹되지 말라."

그러면서 라마 크리슈나는 농부들에게 말했다.

"나는 예전의 라마 크리슈나가 아닙니다. 나는 신의 부름을 받은 사람입니다."

깨달은 자의 길은 눈에 보이지 않는다. 그는 발자국을 남기지 않는다. 그러므로 아무도 그를 모방할 수 없다. 그는 하늘을 날아가는 백조와 같다.

부처는 아래와 같이 백조를 노래하였다. 마치 이천 오백 년 후에 등장할 라마 크리슈나에 대하여 예언한 것만 같다. 라마 크리슈나로 인하여 백조는 동양에서 깨달은 자의 상징이 되었다.

깨어난 자는 한 곳에 머물지 않는다.
호수를 버리고 날아오르는 백조처럼
그들은 공중으로 날아올라
보이지 않는 길을 떠난다.
아무 것도 갖지 않고
아무 것도 모으지 않은 채
그들은 지식을 먹으며 허공에 산다.
그들은 자유롭게 되는 법을 안다.
깨달은 자는 아무 것도 갖지 않고, 아무 것도 모으지 않는다. 그는 끊임없이 과거를 죽이고 버린다. 그래야만 새로운 것을 받아들일 수 있는 청정한 공간을 유지할 수 있다.

새로움은 예고 없이 그대에게 다가온다. 만일 그대가 빈 공간을 갖고 있지 않다면 그것을 받아들일 수가 없다. 문을 활짝 열고 자신의 마음속에 가득한 에고를 내다 버려라. 그대가 사라지면 깨달음이 온다.

에고는 비교하는 마음이다. 그것은 언제나 우월과 열등의 개념으로 그대를 학대한다. 차라리 그대가 만든 두 대의 자동차를 비교하라.

두 송이의 장미, 두 개의 조약돌을 비교하지는 마라. 이 세상에 똑같은 장미는 없기 때문이다. 사람도 마찬가지이다. 똑같은 사람은 존재하지 않는다.

그대는 우월한가. 그렇다면 그대는 열등하다. 그것은 항상 함께 존재하기 때문이다.

어떤 사람이 부처를 심하게 모욕했다. 하지만 부처는 조용히 듣고 있을 뿐이었다. 다음날 자신의 잘못을 깨달은 그 사람이 부처에게 와서 잘못을 빌었다. 그러자 부처는 말했다.

"그 일에 대해 잊어버려라. 나는 그대가 모욕한 사람이 아니다. 그대 또한 나를 모욕한 사람이 아니다. 그러니 사과할 것도 없고 사과를 받을 것도 없다. 염려하지 말라."

그러자 곁에 있던 제자 아난다가 부처에게 물었다.

"스승이시여. 저는 이해할 수가 없습니다. 이 사람은 어제 당신을 모욕한 바로 그 사람입니다. 그는 당신에게 입에 담지 못할 욕설을 퍼부었습니다. 어찌 용서할 수 있겠습니다. 어제 제가 참았던 것은 당신이 허락하지 않으리란 걸 알았기 때문입니다. 그렇지 않았다면 저는 그를 그냥 놓아두지 않았을 것입니다."

부처는 화가 나서 소리치는 아난다에게 조용히 말했다.

"아난다여, 네 눈에는 어제의 그 사람과 오늘의 이 사람이 같은 사람으로 보이느냐? 어제 왔던 사람은 내게 욕설을 퍼부었다. 그런 데 이 사람은 내게 사과하고 있다. 이 사람은 분명 다른 사람이다. 어제 왔던 사람의 눈에는 불길이 이글거리고 있었다. 그런데 이 사람의 눈에서는 참회의 눈물이 흐르고 있지 않느냐? 그는 어제 나를 죽이고 싶어했다. 하지만 이 사람은 내 앞에 무릎을 꿇고 있다. 그런데도 너는 아직 이 사람이 어제의 그 사람이라고 생각하는 것이냐?"

비어 있어야 한다. 그러면 저 너머에서 무엇인가가 그대를 채운다. 부처는 그것을 진리라 부르지 않는다. 신이라 부르지도 않는다. 그는 철저하게 침묵한다. 그가 내뱉은 말은 이것뿐이다.

"와서 보라."

자신을 존중하는 사람만이
모욕당하지 않는다

마부가 말을 길들이듯
그는 자존심과 감각을 길들인다.
신들도 그를 찬양하리라.

'인간의 진리는 가장 높다. 그보다 높은 진리는 없다.'

시인 찬디다스는 이렇게 노래하였다. 그가 말하는 인간의 진리는 그대가 가진 뼈와 살을 의미하는 것이 아니다. 그것은 그대 내면에서 피어나는 불꽃이다.

의식이 깨어나 자신의 주인이 되면 그 불꽃은 환하게 빛을 발한다. 그것은 다섯 마리의 말을 길들여 자신이 가고자 하는 방향으로 나아간다. 고대의 인도의 왕들은 다섯 마리의 말이 끄는 마차를 타고 다녔다.

왜 다섯인가? 그것은 인간의 오감을 상징한다. 그대는 이 다섯 가지 감각의 노예가 되어 있는 것이다. 그대는 자신의 감각을 지배하지 못하고 있다.

　그대는 특정한 시간이 되면 배고픔을 느낀다. 또 배가 고프지 않아도 그때에는 반드시 식사를 해야만 한다. 이것은 감각과 육체에 의한 가짜 배고픔이다. 그대는 지금도 이런 감각의 채찍에 이끌려 다닌다.

　어떤 구도자들은 이런 감각을 없애기 위해 먹지 않고 육체의 일부분을 잘라내기까지 한다. 실제로 러시아의 한 기독교 종파 수사들은 성욕을 억제하기 위해 성기를 잘라냈었으며 수녀들은 젖가슴을 도려내기까지 하였다.

　그것은 죄다 엉터리이다. 육체를 학대하는 어리석은 짓일 뿐이다. 성욕은 성기에 있는 것이 아니라 머리에 있다. 하지만 머리를 자를 수는 없기 때문이었을까.

　깨달은 사람은 자신의 육체를 바라볼 뿐이다. 그 주시가 결정화되기 시작하면 육체는 그대에게 더 이상 명령할 수 없다. 단지 복종할 뿐이다. 마치 말을 길들이는 것처럼 감각이 그대에게 고개를 숙이게 된다.

　부처는 결코 감각을 파괴하지 않는다. 그는 오히려 감각을 더욱 투명하고 맑게 쓰다듬는다. 왜냐하면 자신이 육체의 주인임을 알기 때문이다.

　그대의 배고픔은 위장과 아무런 관련이 없다. 음식 냄새는 위장으로 들어가는 것이 아니라 뇌로 감각하는 것이다. 이 감각을 이길 수 있는 것은 각성뿐이다. 그것은 뇌의 저편에 있다. 그러므로 각성은 뇌를 바라볼 수 있다.

　뇌를 넘어서 새로움을 발견하라. 주인이 되어라. 그때면 모든 감각이 추하지 않음을 알 것이다. 섹스조차도 고유의 아름다움과 신성함이 있다.

우파니샤드에는 '음식이 신이다'라는 말이 있다. 아마 이 말을 남긴 사람은 음식에서 신을 맛보았을 것이다. 동양의 탄트라 수행자들은 섹스에서 영적인 오르가즘을 찾는다. 섹스의 오르가즘에서는 시간이 사라지고 에고와 마음이 사라진다. 그 만큼 섹스의 오르가즘은 영적인 오르가즘의 편린을 경험할 수 있게 해준다. 물론 그 규모면에서는 엄청난 차이가 있다.

자존심과 감각을 길들여야 한다. 자신을 존중하고 어느 누구도 모욕하지 않으면 어느 누구도 나를 모욕할 수 없다. 나는 어느 누구의 노예도 아니며 또한 어느 누구라도 나의 노예로 삼지 못한다는 것. 이렇듯 길들여진 자존심이야말로 그대의 아름다운 노예이다.

경이로움의 눈을 떠라. 그리하면 초월이 뒤따라온다

하루를 살더라도
온갖 사물이 어떻게 생기고 사라지는지
경이감으로 사는 것이 더 낫다.

단 한 시간이라도
길 저편의 삶을 아는 것.
그것이 더 귀한 삶이다.

D. H. 로렌스가 한 아이와 함께 정원을 거닐고 있었다. 그때 아이가 나무를 가리키며 물었다.

"아저씨, 나무는 왜 파란가요?"

이 질문에 로렌스는 이렇게 대답했다.

"나무가 파란 것은 파랗기 때문이야."

그러자 아이는 알겠다는 듯이 고개를 끄덕거렸다.

로렌스는 나무가 파랗게 보이는 이유가 엽록소 때문이란 걸 잘 알고 있었다. 하지만 그는 아이가 자신에게 질문하는 이유를 잘 알고 있었다.

아이는 사실 로렌스에게 무엇을 듣기 위해 질문한 것이 아니었다. 그 아이는 단지 자기 자신에게 큰 소리로 말하고 있는 것이었다.

그것은 경탄이다. 신비한 자연의 한 현상에 대하여 호기심과 경이의 외침을 발한 것이다. 아이의 질문에 만일 로렌스가 온갖 지식을 동원하여 장황하게 설명했다 할지라도 아이는 귀기울이지 않을 것이다. 아이의 관심은 이미 다른 곳에 가 있을 것이기 때문이다. 나비, 꽃, 구름 등등 아이의 눈은 이미 새로운 신비의 세계에 잠겨 있을 것이다.

삶이란 살아가야 할 신비이며 경험해야 할 실체이다. 질문에 대한 대답이거나 해결되어야 할 문제는 결코 아니다.

여태까지 그대가 익혀 온 지식은 그대로 하여금 경이감을 갖도록 허용하지 않았다. 지식은 그대의 감동보다 훨씬 재빠르게 메마른 해답을 제시한다. 그리하여 그대는 인간의 가장 큰 보물이랄 수 있는 경이감을 과학으로 가두어 버린다.

이와 반대로 진정한 종교는 경이의 문을 활짝 열어둔다. 종교는 그대가 좀더 많은 경이감을 느낄 수 있도록 불을 지피고 있다.

신비주의자들의 삶도 마찬가지이다. 해변가의 조약돌 하나, 조개껍질, 멀리서 들려오는 뻐꾸기 소리, 캄캄한 하늘에 떠 있는 별 하나, 아이들의 웃음소리……, 그대가 어떤 상황에 있든 그것은 놀라운 감동이어야만 한다. 신의 은총을 받아들이는 성자처럼 경건해야만 한다.

그러므로 그대여. 지식을 쌓으려 애쓰지 말라. 오히려 그것을 버리기 위해 애쓰라. 어린아이의 눈으로 세계를 보라. 너무나 신비롭고 아름다운 인간들을 바라보라. 일찍이 예수는 '어린아이처럼 되지 않는 한 신의 왕국에 들어갈 수 없다.'라고 말했다. 현재의 눈을 버려라. 그리고 새로 태어난 아이의 눈빛으로 돌아가라.

우리들의 삶은 얼마나 오래 사느냐가 문제가 아니다. 얼마나 그 삶이 강렬하고 정열적이고 전체적이냐가 문제이다. 그대는 무엇을 향해 가고 있는가.

카슈미르 계곡에는 150살쯤은 거뜬히 사는 부족들이 있다. 또 러시아나 일본에도 150살이 넘게 사는 사람들이 있다. 그들이 어떻게 오래 사는가에 대하여 과학자들은 연구를 계속하고 있다.

하지만 그대여. 안심하라. 과학자들은 아직도 그들의 비밀을 알아내지 못했다. 만일 과학자들이 장수의 비결을 찾아낸다면 그 얼마나 끔찍한 일일까. 생각해 보라. 우리가 삶에 싫증을 느끼게 만드는 데는 70년만으로도 충분히 길다.

우리들은 삶과 죽음 사이에서 매달려 있는 사람들을 알고 있다. 그들은 움직일 수도, 생각할 수도, 먹을 수도 없다. 모든 것을 기계에 의존해 침대에 누워있을 뿐이다. 그들은 본래의 플라스틱 심장으로 호흡하고 인공신장으로 피의 노폐물을 걸러내고 있을 것이다. 그들이 과연 살아있는 사람이라고 생각하는가.

경이감을 가지면 초월적인 삶을 볼 수 있는 눈이 그대에게 주어질 것이다. 그 완전한 마음으로 살아간다면 그대는 지금 이 순간을 신과 진리 안에서 살아갈 수 있다. 진리는 길 위에 있으면서도 길 너머에 있다. 이것이 영원한 법이다.

경이감으로 살 수 있다면, 순간 속에 전체적으로 존재할 수 있다면, 그대는 자신의 집에 도달할 수 있다. 그것은 그대가 창조한 것이 아니다. 저 너머의 세계에서 오는 선물이다.

존재하는 것은 현재뿐이다. 현재에 충실하라

선을 행할 때는 재빨리 하라.
늑장을 부리면
해악을 즐기는 마음이
그대를 붙잡을 것이다.

한 사람이 오랫동안 신에게 기도를 하였다. 그러자 어느 날 신이 그의 앞에 나타났다. 신은 그의 정성에 감복했노라며 소원을 한 가지 말하라고 했다. 그러자 그는 즉시 대답했다.

"신이시여. 무슨 소원이든 들어주는 물건을 주십시오. 이것이 제 소원입니다."

그러자 신은 그에게 작은 조개껍질을 하나 주었다.

"이 조개껍질에게 소원을 빌어라. 그러면 즉시 이루어질 것이다."

그는 기쁜 마음에 신에게 경배하였다. 그리고 조개껍질에게 소원을 말하니 정말 모든 것이 이루어지는 것이 아닌가. 궁전을 빌면 궁전이 나왔고, 미인을 요구하면 미인이 나왔다. 음식을 요구하면 음식이 나왔고, 돈을 요구하면 돈이 쏟아졌다. 그는 금새 부자가 되었다.

그런데 어느 날 그의 집에 한 수도승이 찾아왔다. 수도승은 그에게 이렇게 말했다.

"나는 신이 당신보다 더 총애하는 수도승이오. 듣자하니 신께서 당신에게 조개껍질을 주었다죠? 신은 내게도 조개껍질을 주었는데 아마 당신 것보다 두 배는 클 것이오."

과연 수도승이 보여준 조개껍질은 신이 그에게 준 것보다 두 배는 더 컸다. 그는 물었다.

"정말 제것보다 크군요. 그런데 이것도 소원을 들어줍니까?"

"들어주다 마다요. 이것은 어떤 소원을 빌면 꼭 두 배로 이루어주는 조개껍질이요. 그러니 당신 것과는 비교도 할 수 없지."

이 말에 그는 탐욕이 생겼다. 그래서 수도승의 손을 붙잡고 애원했다.

"당신은 세속적인 삶을 포기한 수도승이니 내 것과 바꿉시다. 나는 아무래도 많은 식솔들을 거느려야 할 가장이 아닙니까?"

이렇게 해서 두 조개껍질은 주인을 바꾸었다. 다음날 집주인은 목욕을 하고 신에게 기도 드린 다음 조개껍질에게 10만 루피를 달라고 부탁했다. 그러자 조개껍질이 말했다.

"왜 10만 루피야. 나는 20만 루피를 줄 수 있어."

"그럼 20만 루피를 주시오."

"고작 20만 루피야? 나는 40만 루피도 줄 수 있어."

집주인은 당황해서 다시 말했다.

"그럼 빨리 40만 루피를 줘요."

그러자 조개껍질이 말했다.

"고작 40만 루피야? 나는 80만 루피도 줄 수 있어."

그렇게 계속 액수가 올라갔지만 조개껍질은 아무 것도 줄 생각을 하지 않았다. 그저 계속 요구의 두 배를 약속할 뿐이었다. 속은 것을 안 집주인은 화가 나서 천지사방으로 수도승을 찾아 헤맸지만 그는 어디에도 보이지 않았다.

인간의 마음은 바로 이 조개껍질과 같다. 마음은 계속해서 뭔가를 약속하지만 그것은 항상 내일의 일일뿐이다. 그리고 그 내일은 결코 오지 않는다. 기약 없는 희망과 기다림, 그대는 그 마음에 속고 있다. 아무 것도 이루어지지 않을 믿음으로……

마음은 이렇게 계속 그대를 속일 것이다.

"연기하라. 내일이 있지 않은가. 서두를 필요가 없다. 내일도 얼마든지 할 수 있다."

그러나 내일은 결코 오지 않는다. 만일 그대가 오늘을 연기한다면 내일도 연기하는 사람이 될 것이다. 그러다가 그것은 그대의 오랜 습관이 되어버릴 것이다.

존재하는 것은 항상 현재뿐이다. 그대가 철저하게 현재에 존재하면 마음이 사라지고 낙원이 도래한다. 마음 없이 현재에 사는 것, 그것이 바로 낙원의 문을 여는 열쇠이다.

마음 없이 사는 것이 얼빠진 듯 흐리멍텅한 상태라고 오해하지 말라. 그것은 정반대로 철저하게 의식적으로 사는 것이다. 마음에 집착하던 에너지가 해방되고 그것이 그대의 엄청난 활력과 열정으로 바뀌기 때문이다. 그렇게 되면 그대의 삶은 한순간이라도 충분할 정도의 활활 타오르는 불꽃이 될 것이다. 그렇게 강렬한 의식을 가진 한순간은 영원보다도 길다.

부처는 그대를 향하여 이렇게 말한다.

'선을 행할 때는 재빨리 하라.'

선한 행위를 내일로 연기하는 사람은 그것을 영원히 연기하고 있는 것이다. 마음은 악을 행할 때 항상 재빠르다.

그대가 화를 내고 싶을 때 결코 내일을 기약하지 않는다. 그대가 거지를 보고 동전을 꺼내려 할 때 마음은 그대에게 이렇게 속삭인다.

'기다려 봐. 그는 가짜일는지도 몰라. 그는 건강해 보이는데 내가 왜 그를 도와야 하지?'

이렇듯 마음은 인색하다. 그는 항상 긁어모아야만 직성이 풀리는 욕심쟁이다. 이 마음은 예스를 두려워한다. 왜냐하면 선행은 그런 에고가 사라진 상태에서만 행할 수 있는 것이다.

선은 무심의 부산물이다. 그러므로 그대여, 가슴으로 들으라. 선을 행할 때는 지금 즉시 하라. 내일로 연기하지 말라. 단 악을 행하고 싶으면 내일로 연기하라.

그대가 망설이고 있으면 마음은 이렇게 하라. 저렇게 하라 라고 제안할 것이다. 선한 일은 즉시 실행하라. 왜 망설이는가. 다음 순간은 오지 않을 수도 있다. 이 순간이 최후의 기회일는지도 모른다. 마음의 소리를 끊어버려라. 즉시 선한 일을 하고 그 기쁨을 향유하라.

사람들의 삶을 살펴 보라. 관찰자가 되어 보라. 모든 사람들이 악행을 저지를 기회를 살피고 있다. 그들이 오늘 악행을 저지르지 않는 것은 선하기 때문이 아니다. 단지 기회가 오지 않았기 때문이다.

정치가를 보라. 그들은 권력을 잡지 못했을 때 매우 겸손하다. 그들은 병원을 짓고 학교를 세우고 공손히 인사를 한다. 그러나 일단 권력이 손아귀에 잡히면 그들은 표변한다. 그들은 권력에 미쳐 날뛴다. 가면이 벗겨지고 얼굴이 변한다.

왜 그들이 갑작스레 바뀌는 것일까? 권력 때문이라고? 아니다. 그것은 인간 때문이다. 부패하는 것은 권력이 아니라 인간이다. 권력은 하나의 기회일 뿐이다.

돈도 마찬가지다. 돈은 하나의 기회이다. 가난한 사람들이 선량하다는 것은 거짓말이다. 그들은 기회를 엿보고 있다. 그들이 만일 졸부가 된다면 본래 부자였던 사람들보다 더 위험한 존재가 될는지도 모른다. 왜냐하면 본래 부자였던 사람들은 부에 익숙하여 좀더 자제할 줄 안다. 하지만 그들은 힘을 얻은 권력자들과 같은 부류가 되었다.

그들이 본래 선량했다고, 아니다. 그들은 기회를 쫓는 사람들이었다.

탄생과 죽음의 관계처럼 악과 벌은 언제나 함께 온다

"어떤 사람이 진정한 성자이고 어떤 사람이 죄인입니까?"

한 남자가 마하비라를 찾아가 이렇게 물었다. 그러자 마하비라는 이렇게 대답했다.

"깨어있는 자가 성자이다. 그리고 잠자는 자가 죄인이다."

깨달은 사람은 이렇듯 항상 간단하게 가르친다. 죄악은 그대의 무의식 속에서 살고 있다. 그러므로 그대여, 그 죄악의 뿌리를 남김 없이 잘라내라. 섣부른 가지치기를 하지 마라. 깨어있다면 그대는 상처없는 손과 같다. 그대는 독약을 다룰 수 있다.

그대는 예수가 사원에서 상인과 모리배들 쫓아냈던 것처럼 분노의 채찍을 휘두를 수 있다. 폭풍 같은 에너지를 흩뿌릴 수 있다. 그때는 감히 어떤 악당들이라고 그대를 공격할 수 없다. 그는 사랑과 자비의 채찍을 휘둘렀기 때문이다.

깨어있는 사람은 후회하지 않는다. 그는 각성되었기 때문에 전체적인 행동의 아름다움을 발휘한다. 그것은 그대 위에 아무런 흔적을 남기지 않는다. 마치 물 위에 쓴 글씨처럼.

순진무구한 사람은 아무런 해도 입지 않는다. 그러나 어리석은 자가 순수하고 해 없는 사람을 부당하게 대하면 그 해악을 바람을 향해 던진 먼지처럼 되돌아온다.

명심하라. 그대가 고통받는 것은 타인들 때문이 아니라 바로 그대 자신의 어리석은 행동 때문이다. 어리석은 자들끼리의 싸움이라면 그렇게 위험하지 않다. 그들은 서로 공평하게 해를 가하고 해를 입는다. 하지만 순진무구한 사람에게 해를 가하면 그대의 해악은 수천 배로 돌려 받게 된다. 그것은 거울처럼 그대를 비춘다. 그 거울이 맑으면 맑은 만큼 그대의 추함을 되돌려 줄 것이다.

보라. 예수가 십자가에 못 박혀 죽었으며, 소크라테스가 독살되었고, 부처가 돌에 맞았다.

깨달은 자는 보복하지 않는다. 그러나 존재계 전체가 그대의 반대편에 서서 그 악을 징벌할 것이다. 이것은 매우 명확한 법칙이다. 이를 잘 알고 있던 예수는 최후의 순간에 안타까운 심정으로 십자가에 매달린 모습으로 이렇게 소리쳤다.

"아버지, 이들을 용서하소서. 이들은 자신이 무엇을 하고 있는지도 모릅니다."

아무도 이 법칙에서 예외가 없다. 분명히 그대는 인간의 법망을 지능적으로 피할 수 있다. 그러나 영원한 법, 자연의 법에 틈이란 없다. 그 법을 어기면 그대는 반드시 지옥의 고통을 겪는다.

명심하라. 죄업을 감출 수 있는 방법은 존재하지 않는다. 갠지스 강에 목욕하여 모든 죄를 사함 받을 수 있다고 생각하지 말라. 그것은 자기 기만일 뿐이다. 그대의 죄는 그림자처럼 그대를 따라다닐 것이다.

악은 그 자체로 벌을 동반한다. 마치 탄생이 죽음을 동반하듯이. 종교를 믿는 사람들은 어떤 의식을 통하여 죄를 씻어낼 수 있다고 믿는다. 그리하여 그들은 다시 죄를 지을 수 있는 기회를 얻는다.

정말 그러한가. 갠지즈 강물이 그대의 죄를 깨끗하게 씻어준다면 그대는 그 물을 수도로 연결하여 매일같이 목욕할 수 있다. 아침에 목욕하고 저녁에 목욕하면 그대는 언제나 연꽃처럼 순수한 몸을 갖게 될 것인가.

부처는 노우라고 말한다. 어디에 숨어도 피할 수 없는 두 가지, 곧 그대 행위의 결과와 죽음이다. 죄를 짓지 말고 선행을 쌓으라. 죄지은 자는 하늘, 바다 한가운데, 깊은 산 속 어디에 숨어도 죽음을 피할 수 없다. 오로지 명상하라. 명상만이 도움을 줄 것이다.

라마 크리슈나의 추종자 한 사람이 갠지즈 강에 갈 계획을 세우고 그를 찾아갔다.

"성자시여. 저는 갠지즈 강에 갈 계획입니다. 저를 축복해 주소서. 갠지즈 강에 몸을 담가 죄를 씻고 오겠습니다."

그러자 라마 크리슈나가 말했다.

"그렇지. 갠지즈 강에 몸을 담그는 자는 누구든지 갠지즈 만큼 순수해진다네. 아참 그런데 자네가 모르는 게 하나 있군."

"무슨 말씀이십니까?"

"자네는 갠지즈 강변에 서있는 커다란 나무들을 보았는가?"

"예, 전에 본 적이 있습니다."

"그 나무들이 왜 거기 서있다고 생각하나?"

"글쎄요. 그런 질문은 저로선 처음 듣는 말입니다."

"내가 알려주지. 갠지즈 강물에 몸을 담그면 사람들의 죄는 얼른 그 몸을 떠나버리네. 몸 속의 죄들이 강물의 신통력을 겁내기 때문이지. 그래서 죄는 얼른 강변에 있는 나무에 오른다네. 그러다가 사람들이 강물에서 나오면 그때 얼른 사람들의 몸에 다시 들어가 버리고 말지. 그러니까 갠지즈 강에 몸을 담갔다가 나오면 모든 것이 헛일이 되고 마는 거야. 그러니 갠지즈 강에 몸을 담그면 다시는 밖으로 나와서는 안되네. 영원히 거기 있어야 돼. 그렇지 않으면 죄를 완전하게 떨쳐버릴 수 없단 말이다."

그대 안에 지옥이 있다. 천국도 물론 있다

선사 하꾸인에게 한 사무라이가 와서 물었다.

"극락과 지옥이 정말 있습니까?"

하꾸인이 고개를 들어 그를 보고는 되물었다.

"당신은 누구인가?"

"나는 천황 폐하를 모시는 시위무사요."

그러자 하꾸인은 너털웃음을 터뜨렸다.

"허허허, 자네 같은 몰골에 사무라이라고? 차라리 거지라고 하는 편이 훨씬 더 어울리겠소."

"뭐라고? 나를 모욕하다니……. 에잇, 베어버리겠다."

이 말에 사무라이는 노하여 칼을 뽑아들었다. 그 순간 하꾸인이 입을 열었다.

"어허, 드디어 지옥문이 열리는구나."

사무라이는 문득 하꾸인의 침착함에 정신을 차리고 칼을 거두었다. 그리고 절을 올렸다. 그러자 하꾸인이 다시 입을 열었다.

"어허, 이제 극락문이 열리는구나."

천국과 지옥은 그대 안에 있다. 다른 어느 장소에서 그것을 찾으려 한다면 결코 찾을 수 없을 것이다.

우리들은 신을 말하면 하늘을 우러른다. 그리하여 구름 저편에 고귀한 듯 앉아있는 신을 몽상한다. 그러나 그대여. 고개를 돌려 자신을 보라. 신은 그대가 바라보는 뚱에도 없고 성상에도 존재하지 않는다. 그것은 오로지 그대의 내면에 있다.

기억하라. 만일 신을 자신의 내면이 아닌 바깥의 특정한 장소에 있다고 생각한다면 그대는 종교적일 수 있는 첫발을 내디딜 수가 없다. 그러나 그대가 내면을 바라보는 순간 그대의 마음은 비워진다. 실제로 모든 것이 안에 있다. 밖은 단지 그림자일 뿐이다.

아이들에게 신의 형상을 물어보라. 아이들에게는 우리가 성스럽다고 믿는 신이 그리 인자해 보이지 않는다. 그들의 신은 대개 수염이 많고 늙었으며 화를 내는 듯한 모습일 것이다.

이렇듯 신은 공포를 만들어냈다. 그는 따르지 않으면 지옥으로 떨어진다. 단지 몸을 굽히고 기도하며 모든 것을 바치면 신은 그대에게 천국의 기쁨을 선사한다. 아무도 그의 손아귀에서 벗어날 수 없다. 천길 동굴 속에도 그는 존재한다.

공포는 이렇듯 그대 안에 있다. 그것이 어디로부터 왔는가. 그것은 지옥이다. 그대 안의 공포와 분노, 시기, 해악, 원한 등이 그대 안에서 투사되고 있다. 천국도 마찬가지다. 그것은 그대 안의 모든 아름다움과 선함, 행복이 스크린 위에 비추어진 이미지일 뿐이다.

악마는 타락한 인간이며, 신은 승화된 인간이다. 신은 그대가 느끼는 행복의 궁극적인 가능성이고 악마는 궁극적인 타락이다. 어디에 악마가 존재하는가. 그대가 악마가 되면 그대는 악마를 만나는 것이고 그대가 신이 되면 그대는 신을 만난다.

천국과 지옥은 지리적인 개념이 아니다. 그것은 인간의 심리 상태일 뿐이다. 인간의 마음은 너무나 교활해서 피하고 도망치기 위해 어떤 종교든 마지막 심판의 날이란 개념을 만들어 냈다. 그대는 이제 죽어서도 무덤에서 살아 나와 심판 받게 되는 것이다.

기독교의 지옥을 보라. 그것은 너무나도 부당해서 그대가 실수로 저지른 조그만 죄 하나 때문에 영원히 형벌을 받게 된다. 〈나는 왜 기독교인이 아닌가?〉를 쓴 철학자 버트런트 러셀은 여기에 대하여 푸념을 늘어놓는다.

"내가 여태까지 저지른 죄에다 앞으로 저지를 만한 가능성이 있는 죄를 더해 계산해 봤을 때 가장 엄격한 판사일지라도 나를 4년 이상 감옥에 넣을 수는 없을 것이다. 그런데 기독교는 우리를 영원히 지옥에 보낸다."

그렇다. 이것은 분명 속임수이다. 정당치 못한 심판의 날이 이끌어내는 기만에 다름 아니다. 천국과 지옥은 그대의 마음속에 있으며 그 문은 매 순간 열리고 매 순간 닫힌다. 한순간에 그대는 지옥에서 천국으로, 천국에서 지옥으로 옮겨갈 수 있다.

사무라이가 칼을 뽑은 한 순간에 하꾸인은 지옥문이 열린 것을 보았고, 말 한 마디 채 끝나기도 전에 그는 다시 천국의 문을 보았다. 이것은 마음의 상태임이 분명하다. 한 순간이 천국이요, 지옥이 아닌가.

그 사무라이는 진실한 사람이었다. 그에게는 언제라도 죽이거나 죽일 준비가 되어있는 참다움만이 있었다. 그러므로 그가 불타오르면 지옥의 문이 열렸다.

그대여. 지옥으로 들어갈 때는 그 무엇도 남겨두지 말고 완전하게 들어가야 한다. 그래야만 그 길을 따라 천국으로 들어설 수 있다.

왜 먼저 지옥인가. 지옥은 만들기 쉽다. 그대는 분노하고 두려워하며 서러움의 장작을 모아둔 사람이다.

그대여. 마음을 정화하라. 그 모든 장작을 총동원하여 자신의 오랜 물을 펄펄 끓여버려라. 그대는 증발할 수 있다. 그리하여 에고를 버려라. 그리하여 지옥문을 열어라. 그대가 그 문을 여는 즉시 또한 천국의 문이 열릴 것이다.

이슬방울처럼 맑고 청명한 눈을 가져라

조주 선사가 한 승려를 보고 물었다.

"내가 전에 자네를 본 적이 있는가?"

"아뇨. 저는 스님을 처음 뵙습니다."

"그럼 차 한 잔 마시게."

조주 선사가 또 한 승려를 보고 물었다.

"내가 전에 자네를 본 적이 있는가?"

"예. 저는 예전부터 스님과 한 절에 있었잖습니까?"

"그럼 차 한 잔 마시게."

이런 조주 선사의 행동을 의아하게 생각한 그 절의 주지가 물었다.

"스님, 참으로 이상합니다. 왜 같은 질문에 다른 대답을 하는데 똑같이 차를 권하십니까?"

그러자 조주 선사는 눈을 들어 그를 바라보고 물었다.

"어, 자네 여태 여기 있었는가?"

"물론입니다. 스님."

"그럼 자네도 차 한 잔 마시게."

비교하지 말라. 나누지 말라. 이해하려 하지 말라. 그저 조주 선사의 이야기를 가슴으로 느껴 보라. 그의 이야기는 너무나 단순해서 그대가 움켜쥘 수 없다. 불합리한 이야기 속에 들어있는 알곡을 어찌 그대가 솔개처럼 잡아챌 수 있겠는가.

그대는 이제 친근한 사람에게 대접하지 않는다. 사람들에게 있어 친근함이란 따분함과 같은 단어가 되어 버렸다. 그대는 사랑하는 아내의 얼굴을 쳐다보지 않는다. 우정어린 친구의 얼굴도 쳐다보지 않는다.

왜 이렇게 되어 버렸는가?

만일 그대가 눈을 감고 누군가를 떠올린다면 그것은 먼 과거에 그 사람을 처음 보았을 때의 영상을 되살려 낼 수 있다. 하지만 그것은 처음도 없고 끝도 없다.

물은 흘러가고 그대의 부인은 늙어간다. 어제의 친구는 오늘의 친구가 아니다. 육체도 변하고 마음도 변한다. 우리들은 언제나 낯선 것들을 찾아다닌다. 이상한 것만을 애써 가지려고 발버둥친다.

그것은 곧 따분함에서 벗어나려는 마음의 빈곤에 다름 아니다. 그리하여 그대가 지녔던 친숙한 것들이 차츰 사라져간다. 남편이며 친구, 연인들이 모두 어둠 속에 잠겨 들어가 버렸다. 그리고 이젠 유령처럼 보이지 않는다.

아름다운 여인과 사랑에 빠졌던 그 때의 기억, 뜨거운 우정에 눈물 흘렸던 친구와의 열정도 모두 옛날 이야기가 되어 버렸다. 드디어 그대들은 서로의 눈도 마주치기를 꺼려하는 사이가 되어 버렸다.

조주를 보라. 그는 타산적이지도 잠들지도 않은 존재이다. 그는 모든 것을 새로움으로 바라본다. 아는 것이든 모르는 것이든 친숙하든 아니든 간에 그에게는 낯설고 신비롭다. 우리들은 한번만 대해도 익숙해지는 그런 것들을 경이의 눈으로 바라본다.

그는 깨어있는 것이다. 낡은 것이 없게 보이는 것, 모든 존재가 이슬방울처럼 맑고 청명한 것.

한 선교사가 아프리카의 오지를 방문하여 주민들을 모아놓고 설교를 하기 시작했다. 그는 근 30여 분 동안 하나님이 세상을 만들고, 사랑하는 아들 예수를 이 땅에 보내 사람들의 죄를 사해 주었다는 등의 설교를 하면서 회개하라고 소리쳤다.

그의 말이 끝나자 통역자가 통역을 했는데 단 네 마디 뿐이었다. 그런데 그의 말이 끝나자마자 주민들은 박수를 치며 크게 웃었다.

선교사는 당황하였다. 단 네 마디로 길고 긴 자신의 설교 내용을 압축하여 설명하다니……. 그런데 저 미개인들은 자신의 말을 이해하고 너무나 재미있다는 듯 웃고 있지 않은가. 그는 얼굴을 붉히고 통역자에게 물었다.

"이봐. 어떻게 내 말을 전했길래 저 사람들이 웃는거야?"

그러자 통역자가 입을 내밀면서 말했다.

"당신 이야기가 너무 길었습니다. 그래서 하는 수 없이 이렇게 말했지요. 그는 농담을 하고 있다. 웃어라."

웃음조차 따분한 사람들의 얼굴을 보라. 그들은 웃기 위하여 노력하고 웃기 위하여 예절을 배운다.

얼굴의 근육을 실룩이는 그들의 웃음은 자신의 깊은 심연에서 나오고 있는 것이 아니다. 열심히 웃음을 배우고 그것을 애써 표현하기 위한 가식일 뿐이다. 그들은 아무런 의미도 없는 삶의 지게를 지고 땀흘리고 있다. 모든 것은 악몽이고 누군가의 장난만 같다.

그대의 마음이 신선하면 존재 자체가 음악이 되고 웃음이 된다. 그대가 신선하면 그 신선함이 어디에나 존재하고 모든 사물이 반응한다.

지난 일로 인해 마음에 짐을 지지 않아도 된다. 조주와 함께 차를 마셔라. 그의 눈으로 사물을 바라보라.

'차(茶)'라는 이름은 중국에서 사원을 가리키는 'Ta'에서 나왔다. 선에서는 일찍이 차가 사람들을 보다 깨어있게 하는 데 도움이 된다는 사실을 알았다. 그러므로 조주는 그대에게 차를 권한 것이다. 그것은 깨달은 사람이 그대에게 줄 수 있는 유일한 선물이다.

아는 사람에게나 모르는 사람에게나 익히 아는 사람에게나 권할 수 있는 것, 그것이 바로 차이다. 선원에는 다실이 있다. 그곳은 너무나도 신성하므로 대화가 허락되지 않는다. 단지 명상하는 자세만이 필요하다.

차가 끓기 시작하면 주전자가 내는 음률을 감각하라. 그러는 가운데 더욱 고요해지고 그만큼 사람들은 깨어난다. 그러다가 시간이 되면 사람들은 찻잔을 만지며 자신의 육체를 느낀다. 깨어있기 위해서는 그대 몸의 뿌리에서부터 깨어나야 하기 때문이다.

그 다음 마음을 씻어내듯 찻잔을 따뜻하게 씻은 다음 차를 붓는다.

　그러면 향기가 퍼진다. 차를 마시는 시간은 순간이 아니다. 그것은 참으로 긴 과정이다. 천천히 그것을 입안에 담으면서 우주의 깊은 눈을 들여다본다. 그 맛, 온기, 자세가 모두가 하나가 되어 그대와 함께 명상의 세계로 스민다.

　그리하여 조주는 세 사람에게 말했다. 그리고 모든 사람들에게 말했다.

　"차나 한 잔 마시게."

있는 것을 없다. 모든 것이 비어있음이다

어떤 사람이 애완 동물 가게에 들어갔다. 거기에는 자신이 찾고 있던 커다랗고 멋진 털을 가진 개가 있었다. 그는 주인에게 물었다.

"저 큰 개가 얼마입니까?"

"500달러입니다."

그 값은 그가 치르기에는 너무나 비쌌다. 그래서 그는 입맛을 다시며 다시 물었다.

"그렇다면 좀 작은 저놈은 얼마죠?"

"그건 1000달러입니다."

그는 당황해서 다시 물었다.

"흠, 그럼 저 아주 작은 놈은 얼마입니까?"

"예, 그놈은 희귀종이니까 2000달러는 받아야겠죠?"

그러자 그는 얼굴이 하얘져서 떨리는 목소리로 물었다.

"아니 그럼 제가 아무 것도 사지 않으면 대체 얼마를 내야 하는 겁니까? 개가 작아질 때마다 값이 자꾸 올라가니 말입니다."

그대는 잃을 것이 아무 것도 없다. 그런데 왜 두려움 속에 살아가는가.

그대는 자신의 내면을 들여다보는 것조차 두려워하고 있다. 그 안에는 어떤 보물이 숨어있어 주문을 외우면 바람처럼 날아가 버릴 것만 같은 두려움, 그대는 자신이 무엇을 가지고 있는지 잘 모르고 있다. 그러므로 기실 잃어버릴 것이 하나도 없음을 잘 알고 있는데도 말이다.

그것은 막연한 상실의 두려움이다. 죽음의 두려움이다. 그것은 본래 자신의 전부이며 전무이다.

그대가 여인을 사랑한다면 그녀를 지배할 수도 있다. 거꾸로 그녀 역시 그대를 지배할 수 있다. 그래서 연인들은 서로 자기 이익을 도모하면서 지배하고 소유하려 한다. 그들은 자신이 상대방을 지배하지 못하면 상대방이 그대를 지배하게 되리라는 두려움 속에 빠져 있다. 그리하여 연인들은, 부부들은 계속 싸운다. 존재하기 위해, 살기 위해 싸운다.

하지만 그대가 잃을 것이 아무 것도 없고 줄 것조차 없다는 것을 깨닫는 순간 그 싸움은 허망한 과거가 되어버리고 만다. 존재의 깊은 내면으로 들어가면 두려움은 사라지고 광명이 온다. 그런데 그 아름다운 과정을 그대의 마음이 가로막는다.

"그대는 지금 어디로 가고 있는가? 그 모든 행복을, 환희를 저버리고 어디로 가려 하는가? 그곳은 불꽃이다. 그대는 화상을 입을 것이다. 그곳은 심연이다. 그대는 곧 숨이 막혀 죽고 말 것이다."

물론 그 말은 옳다. 그대가 두려움을 품에 안고 무의미한 생을 살아가고자 한다면. 그러나 들으라. 그대가 보는 것은 오로지 죽음 뿐이다. 죽음 뒤편에 초월의 모습을 알지 못하기 때문이다. 죽지 않으면 되살아날 수 없다. 그것은 아름다운 시작이다.

이제 그대에게 달려있다. 그대가 무엇을 잃겠는가. 무엇을 도둑맞을 수 있는가. 수많은 언덕을 넘어온 그대의 삶은 단지 지루한 투쟁이었을 뿐 아무 것도 없었다.

보물도 없고 집도 비어있다. 그 어떤 것도 있어본 적이 없다. 그 없음을 그대는 두려워하며 바라보지 않는다.

강물로 하여금 굳세게 미지의 세계로, 지도에도 없는 세계로 흐르게 하라. 그 먼 곳에는 깨달음의 연꽃이 피어나 있으므로.

근원을 아는 자에게는 어떤 고난도 뜬구름과 같다

수피 마스터 중의 한 사람인 쥬나이드가 새로 온 젊은이와 함께 일하고 있었다. 쥬나이드는 매우 평범한 노동자처럼 일을 했기 때문에 젊은이는 쥬나이드의 내면에 담긴 지혜를 알지 못했다.

사실 눈이 열린 사람만이 그을 알아볼 수 있었으리라. 그런데 그 젊은이는 끊임없이 자식의 박식함을 자랑하면서 쥬나이드가 무슨 일을 하려고 하면 참견하기 바빴다. 그러면서 그가 많이 알지 못함을 힐난했다. 그러자 마침내 쥬나이드가 입을 열었다.

"미안하네. 젊은이. 나는 그렇게 많이 알만큼 젊지 않다네."

근원을 아는 사람에게는 어려움이 없다. 단지 며칠의 시간이 필요할 뿐이다. 그것은 기술이 아니라 창조이다. 그대가 시작을 알고 있다면 어떤 상처라도 메울 수 있다.

기술자는 단지 파괴할 뿐이다. 그들은 그대를 고칠 수 없다. 참으로 많은 기술자들이 그대의 영혼을 고치려고 시도하였다. 하지만 그들의 능력은 이미 그대와 동떨어져 있다. 그 낡은 도구들을 남김없이 치워버려라. 에고를 버려라.

그대가 준비되어 있다면 더 이상의 피해는 입을 수가 없다. 그 누구도 더 이상의 해를 가할 수가 없다.

그대는 광명과 어두움 속에서 뚝딱거리며 자신을 고친다. 그것은 종이가 자신을 더럽히던 잉크를 씻어내 버리고 나무로 돌아가는 일이다. 자신을 참으로 바라보는 길이다.

페르시아의 한 궁전에 매우 거대하고 아름다운 오르간이 있었다. 그런데 국왕은 이 오르간의 연주를 아주 어렸을 때 딱 한 번 들어본 기억밖에 없었다. 왜냐하면 오르간이 언제부턴가 고장이 나 있었기 때문이었다.

이 오르간을 고치기 위해 나라 안팎의 많은 기술자들이 달려들었지만 성공한 사람은 아무도 없었다. 오히려 더 망가뜨려 놓았을 뿐이었다. 오르간의 장치는 매우 기묘해서 수리를 하려면 할수록 더 상태가 나빠졌다.

왕은 몹시 안타까운 마음에 오르간을 수리하는 사람에게 큰상을 내리겠다는 포고문을 발포하였다. 그러자 많은 기술자와 음악가들이 찾아왔지만 결과는 예전과 마찬가지였다. 그들은 그 오르간이 너무나 복잡해서 그것이 어떤 종류의 오르간이며 어떤 음악이 연주될 수 있는지를 알아낼 수 없었기 때문이었다.

어느 날 한 거지가 왕을 찾아와 그 오르간을 완전하게 고칠 수 있다고 단언하였다. 그의 초라한 행색을 본 왕은 웃음을 터뜨렸다.

"이봐, 자네 같은 사람이 어떻게 이 오르간을 고칠 수 있단 말인가. 이미 많은 전문가들이 살펴보았지만 어쩌지 못한 고장일세. 그러니 헛된 생각을 버리고 돌아가게."

그러자 거지는 자신에 찬 어조로 말했다.

"전하. 이제 더 이상의 고장은 없을 것입니다. 이미 이 오르간은 고장날 대로 고장나 있으니까요. 그러니 제게 한번 기회를 준다 한들 전하에게는 절대 손해가 아닐 것입니다."

왕은 문득 그 거지의 눈빛이 범상치 않음을 알았다. 하지만 그가 오르간을 고치리라고는 믿지 않았다. 단지 그의 집념을 시험해 보기 위해 기회를 주었다.

얼마 후, 달빛만이 왕궁의 흰 대리석을 희미하게 비치는 한 밤중에 왕궁에는 환상적이고 신비한 오르간의 멜로디가 울려 퍼졌다. 그 소리는 일찍이 그 누구도 들어본 적이 없는 천상의 음악 같았다. 사람들이 잠에서 깨어 달려나왔다. 왕도 깜짝 놀라 침실에서 뛰쳐나왔다. 그리고 소리쳤다.

"오오, 진정 그대가 해내고야 말았구나. 정말 기적 같은 일이로다."

그러자 거지가 웃으면서 말했다.

"아닙니다. 전하. 오르간을 고치는 것은 저로선 쉬운 일이었습니다. 왜냐하면 제가 이 오르간을 만들었기 때문입니다."

그대 자신을 통하여 신을 만나라. 기적은 그대 자신이다

어느 목사가 자기 교회의 신도들을 가든 파티에 초대했다. 그런데 그는 한 부인에게 초대의 말을 전하지 못했다. 그는 파티 직전에야 그 사실을 깨달았다.

그 부인은 사실 매우 독실한 신앙심을 가졌으면서도 동시에 지극히 독선적인 사람이었다. 그녀는 오래 전부터 교회에 나와 많은 기여를 하였지만 지극히 감정적이었다. 그래서 목사는 입맛을 다시며 그녀에게 전화를 걸었다.

"죄송합니다. 부인. 제가 깜박 잊고 가든 파티에 초대하는 것을 잊었습니다. 아직 파티 전이니 양해하시고 나와 주시면 고맙겠습니다."

그러자 그 부인이 심술궂은 목소리가 수화기를 통해 들려왔다.

"어머나. 목사님. 어쩌지요? 저는 이미 하나님께 오늘 비를 좀 내려 달라고 기도했답니다."

그대가 자신의 마음을 좁혀나가면 마음은 상상 이상으로 강력한 힘을 발휘할 수 있다. 바로 좁히는 것이 초점이다. 그것은 렌즈에 태양광선을 집중시키면 불이 일어날 수 있는 이치와 같다. 햇빛은 본래 널리 퍼지면서 쪼이지만, 이를 렌즈를 통해 좁혀서 한 점에 집중시키면 불이 날 수 있는 것이다.

마음도 마찬가지이다. 만약 그대가 마음을 렌즈를 통해 집중시키고 계속 어떤 주문을 반복하여 외운다면 그 마음의 에너지가 주문이라는 한 마디의 렌즈에 집중되어 강력한 힘을 발휘한다. 그러므로 그대는 기적을 행할 수 있게 된다. 불꽃을 잠재울 수도 있고 비를 내릴 수도 있다. 단지 생각만으로 말이다.

하지만 분명한 것은 그 기적들이 영적인 것이 아니라는 것이다. 마술은 힘을 추구하지만 종교는 무를 추구한다. 주문은 마술의 일부분이지 결코 종교의 일부분이 아니다. 기적을 행하는 사람들은 마술사들이지 결코 종교인이 아니다. 그런데도 그들은 종교의 이름으로 마술을 퍼뜨리고 있다.

주문을 통해서 마음은 좁혀진다. 그리고 강력해진다. 그때가 되면 모든 것이 가능해지지만 정작 중요한 자기 자신을 놓쳐버리고 말 것이다. 즉 그대는 마음을 좁힘으로써 고정된 목표, 대상화된 목표를 이룰 수 있을 뿐이다.

그대는 나무에게 '죽어라' 라고 말하여 나무를 죽일 수도 있을 것이고, '병에 걸려라' 라고 해서 아프게 할 수 있으며, '나아라' 라고 해서 병을 고쳐 줄 수도 있을 것이다.

이렇게 해서 그대는 사람들에게 위대한 마술사로 기억될 것이다. 결코 그대를 신성을 깨달은 자로 인식하지는 않을 것이다.

신성이란 무엇인가. 그것은 마음이 좁혀지거나 치우쳐 흐르지 않고 그 본래의 모습대로 펼쳐져 있는 것이다. 그 불편 부당한 에너지는 그대를 깨어있게 한다.

그대에게는 대상이 필요 없다. 오직 자신만을 통해서 신을 만날 수 있다.

어떤 승려가 선사 방께이를 찾아와 물었다.

"우리 종단의 스승님은 강 건너편에 있는 종이에 글씨를 쓸 수 있습니다. 당신은 어떤 종류의 기적을 행할 줄 아십니까?"

그러자 그는 이렇게 대답했다.

"나는 단 하나의 기적밖에는 모른다. 배고프면 먹고 졸리면 자는 것이다."

배고플 때 먹고 졸리면 자는 것이 왜 기적이란 말인가? 그렇다. 그것은 참다운 기적이다. 그것은 기적이 아니기 때문에 더욱 그렇다.

세상을 보라. 그대는 먹고 싶어도 다이어트 때문에, 단식 기간이기 때문에 먹을 수 없다. 하루의 일과 때문에, 어떤 약속 때문에 그대는 아무리 졸려도 잘 수 없다. 만일 그대가 그 모든 것을 외면하고 먹거나 자려고 하면 즉시 마음이 말한다.

'그건 곤란해. 그러면 안 돼.'

선사 방께이는 그런 기적을 행할 줄 아는 인물이었다. 그는 마음을 다스릴 줄 알았다. 방께이의 마음은 방께이를 간섭하지 못하고 그의 자연을 따라 흘러간다. 존재 전체가 느끼는 것이면 그는 무엇이든 그대로 행한다. 행동을 조작하고 분리하는 마음이 그에게는 없는 것이다.

금욕주의자들을 보라. 그들은 성을 죽이고, 사랑을 파괴하였으며, 분노를 억누르고, 굶주림과 같은 육체의 감각을 완전히 파괴했다. 그들은 에고 이외에는 아무 것도 없다. 그들은 자연스러움을 모른다. 그들은 방께이의 말을 도저히 이해할 수 없을 것이다.

자연으로 하여금 스스로의 길을 가도록 하라. 무슨 일이 일어나든 간섭하지 말고 방해하지 말라. 그러면 그대는 사라진다. 그대는 저항이나 투쟁, 공격, 폭력 없이는 거기 있을 수 없다. 그대가 싸우면 싸울수록 그대는 더욱 그 자리에 있을 것이다.

군인들은 왜 그토록 전투를 하는가. 전쟁이란 결코 아름답지 않다. 거기에는 행복이란 눈을 씻고 찾아보아도 없다. 하지만 그들은 싸운다. 왜냐하면 에고는 싸우면서 정상에 이르기 때문이다. 에고는 경쟁하면서 자라나고 싸우면서 더욱 강해진다.

이렇게 남과 싸우는 것은 패배의 위험이 있다. 그러므로 교활하게도 아무런 경쟁자가 없는 자신과 싸우는 사람이 있다. 군인이나 사업가, 정치가 등이 타인들과 싸울 때 금욕주의자나 승려들은 자기 자신과 싸운다. 그러므로 그들은 승리할 수밖에 없는 전쟁을 하고 있는 자들이다. 하지만 방께이는 말한다.

"나는 싸우는 자가 아니다. 나는 배고플 때 먹고, 졸릴 때 자는 사람이다. 이것이 내가 알고 있는 유일한 기적이다."

그러나 그것이 왜 기적이라고 하는가? 동물들이나 식물들도 이미 그렇게 하고 있는데. 존재계 전체가 그렇게 하고 있다. 그런데 왜 그게 기적인가?

해답은 간단하다. 사람은 그렇게 할 수 없기 때문이다. 존재계 전체는 사람만을 제외하면 기적 그 자체이다. 그것은 매 순간 일어나고 있는 신비이며 불가사의이다.

인간은 그곳에 없다. 그것은 바로 아담이 이브의 권유에 따라 선악과를 먹은 그때부터일지도 모른다. 바로 앎이 기적의 동산에서 인간만을 추방시킨 계기가 되었기 때문이다.

아담과 이브는 벌거벗었음에도 그것에 대한 판단이 없는 천진 그 자체였다. 아담과 이브는 서로 사랑했고 순수했다. 그들은 어린이 같은 즐거움이 있었다.

그들은 기적 자체였다. 배고플 때 먹고, 졸릴 때 잤으며, 사랑하고 싶을 때 사랑했다. 그들은 우주의 일부분으로서 너무나 자연스러운 생활을 하였다. 그런데 그들은 '앎'으로써 그 천진함을 상실하였다. 그리하여 낙원에서, 기적의 장원에서 쫓겨났던 것이다.

여기에 대한 해답은 자이나교의 마하비라에게서 나온다. 그는 깨달음과 동시에 나체가 되었다. 그는 천진성을 회복하고 아담과 이브의 낙원으로 되돌아갔던 것이다.

선함을 꾸미고 가꾸려 하지 말라. 그것은 순수하지 않다. 어린이 같지 않다. 그것은 내면에서 나오지 않고 겉에서 나온다.

그대여 기적을 바라지 말라. 기적은 항상 그대의 눈앞에 있으므로.

바보가 되어라: 결과를 생각지 말라

이슬람의 성자인 파리드가 제자들을 이끌고 평생을 직공 생활을 하며 보낸 성자 카비르가 살고 있던 베나레스 지방을 지나가고 있었다. 그때 제자들이 말했다.

"선생님과 카비르가 만난다면 저희들에게 커다란 축복이 될 겁니다. 두 분의 대화 속에서 가르침을 받고 싶습니다."

그 때 카비르의 제자들도 파리드의 제자들처럼 스승에게 권했다.

"파리드를 초청하여 아쉬람에서 며칠 동안 머무르게 하십시오. 두 분의 대화를 듣고 싶습니다."

이렇게 해서 파리드와 카비르는 서로 만나게 되었다. 그들은 서로의 얼굴을 보자마자 웃으면서 포옹하였다. 그런데 두 사람은 그뿐, 제자들의 기대와는 달리 아무런 말도 나누지 않았다. 단지 고요한 미소 속에 마주앉아 있을 뿐이었다.

두 성자의 제자들은 초조한 마음으로 그들의 입이 열리기를 기다렸다. 하지만 파리드와 카비르는 한 마디도 하지 않았다. 마침내 사흘이 지나자 파리드는 제자들을 이끌고 카비르의 아쉬람을 떠났다. 파리드의 제자들은 그 기이한 만남에 저윽이 속이 상해 스승에게 따졌다.

"스승님, 어처구니가 없습니다. 이 무슨 시간 낭비란 말입니까? 저희들에게는 그렇게 많은 말씀을 해 주시면서 두 분이 만나서는 한 마디 말씀도 없으십니까?"

그러자 파리드는 미소지으며 대답했다.

"내가 아는 것은 카비르도 알고 있었다. 그러니 말할 것이 아무 것도 없었다. 나는 그의 눈을 보았다. 내가 있는 바로 그곳에 그가 있었다. 그가 본 것은 나도 모두 보았고 그가 깨달은 것은 나도 모두 깨달은 것이었다. 그러니 무슨 다른 말을 할 게 있겠느냐?"

깨달은 두 사람은 대화할 수 없다. 그것은 불합리하다. 그들은 말할 것이 없는 것이다. 오직 깨달은 사람과 깨닫지 못한 사람만이 의미 있는 대화가 있을 수 있다. 의미 있는 대화, 진리 자체는 전달될 수 없지만 조그만 힌트가 상대방으로 하여금 도약할 수 있게 할 수 있으므로…….

깨달은 사람은 진리를 전달할 수는 없지만 상대방으로 하여금 목마름을 줄 수는 있다. 진실한 가르침은 결코 언어를 통해서 핵심을 전달할 수는 없는 것이다.

부처는 대중 앞에서 꽃을 들고 나타났다. 그리고 오랜 시간 동안 아무 말도 하지 않았다. 마침내 사람들이 불안해할 때 오로지 가섭만이 빙그레 미소지었다. 그는 마음을 넘어선 부처의 가르침을 이해했던 것이다. 그리하여 부처는 가섭에게 그 꽃을 전하였다. 그것은 선의 열쇠였다.

가섭 이후 여섯 명의 후계자가 열쇠를 건네 받았다. 그리고 인도의 머리가 자라나 가슴을 잊어버리자 여섯 번째 후계자인 달마는 그 열쇠를 받을 수 있는 전인을 찾아 중국으로 건너왔다. 그리고 9년 동안 면벽하며 한 사람을 기다렸다.

드디어 혜가가 그를 찾아와 자신의 오른팔을 잘라 달마에게 던졌다. 그리고 달마가 몸을 움직여 돌아보지 않으면 머리를 자르겠다는 최후통첩을 날렸다. 그리하여 그는 부처의 열쇠를 건네 받았던 것이다. 그것이 지금까지 전해지고 있다. 열쇠는 아직도 누군가의 손에 있다. 선의 강물은 마르지 않았다.

우리들은 깨달은 사람에게 어떤 말을 원한다. 그러나 그 말로써 우리가 무엇을 이해할 수 있겠는가. 깨달은 사람과 함께 침묵하는 법을 배워라. 언어를 통해서는 문을 두드릴 수 있으나 문 안으로 들어갈 수 없다. 방법은 침묵 뿐이다.

부처가 꽃을 들었을 때 사람들은 언제 그가 일어나 이 기나긴 지리한 침묵을 깨뜨릴 것인가, 그리하여 우리가 그의 설법을 듣고 집에 돌아갈 수 있을까를 생각했다. 가섭은 이런 인간의 어리석음을 보고 웃었다. 그러한 부처의 말없는 가르침을 깨닫고 웃었다.

이 웃음은 선의 전통 속에 살아있다. 이 웃음 외에 다른 웃음이 종교에 있는가. 우리는 예수나 마하비라가 호탕하게 웃는 장면을 상상할 수가 없다.

어떤 면에서 종교의 표정은 웃음이 아니라 슬픔이었다. 종교는 아파야 하고 억압해야 하고 자신을 괴롭혀야만 했다. 그러므로 독일의 사상가 카이저링은 '건강은 비종교적'이라고까지 극언했다. 그렇다. 병은 그 안에 종교성을 가지고 있는 것이다.

그대는 교회 안에서 웃고 춤추고 노래할 수 있는가. 그 노래는 복종의 노래이며 춤은 순종의 춤이다. 사람들은 지루한 얼굴로 슬픔과 참회에 잠겨있다. 아무도 교회에 매료되지 않는다. 때문에 종교는 일요일의 일이 되어버렸다. 한 시간 동안의 슬픔 정도는 얼마든지 참을 수 있는 것이다.

웃음이란 무엇인가. 그것은 흘러 넘치는 에너지이다. 어린이들은 웃는다. 그들은 활기로 가득하다. 그 안에 종교는 없다는 뜻이다. 선의 사원에 있는 승려들은 웃는다. 그들은 웃고 웃고 또 웃는다. 그것은 가섭이 대중들의 어리석음을 비웃었던 것과 같은 웃음이다.

열쇠란 바로 침묵과 웃음이었다. 그것은 세상의 것이 아니라 신의 것이었다. 웃음이 생각에서 나올 때 그것은 추하다. 그것은 일상적이며 세속적인 것이지 결코 우주적이지 않다. 그때의 웃음이란 고통에 대하여 웃고 있는 것이어서 참으로 추하다.

침묵 속에서 나온 웃음은 전체적인 우주의 농담에 대하여 웃고 있는 것이다. 농담이란 어떤 경전보다 더 많은 것을 담고 있다. 그것은 하나의 웃음거리이며 모든 것이다.

그대는 왕이다. 그런데 왜 거지처럼 행동하고 있는가. 그대는 누군가를 속이기까지 한다. 그대는 모든 것을 알고 있으면서 질문을 하고 자신을 무지하다고 타박한다. 자신에게 불멸의 무엇을 가지고 있으면서 항상 죽음을 두려워한다. 정말 웃기는 이야기가 아닌가. 그래서 가섭은 웃고 또 웃었다.

옛날 위대한 왕들은 궁정에 항상 어릿광대를 한 사람 두었다.

그토록 많은 신하와 현인들에 둘러싸여 있는 절대자였지만 그는 어릿광대의 말을 들었다. 왜냐하면 오직 단순한 바보만이 이해할 수 있는 현상이 있기 때문이다. 그는 지식의 교활함과 명석함, 고지식함을 뛰어넘는 특별한 무엇을 가지고 있는 사람이다.

바보는 그래서 필요하다. 현명한 이들은 힘을 두려워한다. 멸망을 두려워한다. 때문에 그들의 입은 진실을 말하지 못한다. 하지만 바보는 아무 것도 두려워하지 않는다. 결과가 어떻든 그는 하고 싶은 말을 할 것이다. 바보란 결과를 생각지 않는 사람이다.

바로 이것이다. 크리슈나가 아르쥬나에게 말했던 바로 그것.

'바보가 되어라. 결과를 생각지 말라. 행동하라!'

그대의 목을 내밀어라. 누군가 그대를 벨 것이다

커다란 점보 여객기가 비행 중 엔진 고장으로 몹시 흔들리고 있었다. 더군다나 악천후 때문에 비상 착륙할 활주로를 찾지 못하고 하늘에서 방황하고 있는 중이었다. 승객들은 공포에 질렸다. 여기저기서 울음이 터져 나왔다. 그때 용기를 잃지 않은 한 목사가 일어나서 사람들에게 말했다.

"여러분. 주님은 우리를 버리지 않으십니다. 힘을 내십시오. 자 다 함께 기도합시다."

그러자 승객들은 목사의 인도에 따라 두 손을 모았다. 그런데 한 승객이 일어나서 그에게 물었다.

"나는 기도해 본 적이 없습니다. 그건 어떻게 해야 되는 겁니까?"

"어렵지 않습니다. 지금 이 곳이 교회라고 생각해 보십시오. 그렇다면 당신이 어떻게 해야 할지 알 겁니다."

이 말을 들은 그 사람은 통로 아래쪽으로 걸어가더니 모자를 벗어들고 헌금을 걷기 시작했다.

그 승객의 관심사는 무엇이었을까? 물론 생존이었을 것이다. 하지만 그는 기도를 알지 못했다. 그가 아는 것이라곤 교회에서 헌금을 걷는다는 사실뿐이었다.

이처럼 어떤 질문과 그에 대한 답변은 그 사람의 현재 모습을 뚜렷하게 드러내 준다. 이런 닫힌 머리를 깨어나게 하려면 어떻게 해야 하는가. 그 처방은 단지 하나뿐이다. 그 머리를 망치로 두들겨 부수고 다시 만드는 것. 그 일을 누가 하는가. 바로 그대의 스승이다.

스승의 진정한 역할은 제자의 머리를 베는 것이다.

'내가 세상에 화평을 주러 온 줄로 착각하지 말라. 화평이 아니라 검(劍)을 주러 왔노라.'

이 말은 지상에 내려왔던 최고의 검객이 남긴 말이다. 그는 바로 예수이다. 불교에도 만쥬시리의 검이라는 것이 있다. 그 검 역시 예수의 검 못지 않다.

만쥬시리는 부처의 제자였다. 부처는 참된 충격을 필요로 하는 사람을 발견하면 곧장 그를 만쥬시리에게 보냈다. 그러면 만쥬시리는 그 사람을 보자마자 불문곡직하고 때리기만 했다. 그에게는 어떠한 환상도 용납되지 않았다. 그래서 만쥬시리를 만난 사람은 고개를 절레절레 흔들었다. 그의 방법이 너무나도 가혹했기 때문이다. 그래서 부처로부터 '만쥬시리에게 가라'라는 처방을 들은 사람은 공포에 질렸다. 만쥬시리, 그 말은 곧 죽음이었다. 죽음으로부터 다시 깨어나도록 하는 부처의 제자 만쥬시리, 그는 기실 수도자의 성숙을 도와주는 성실한 조연이었던 셈이다.

스승들은 왜 이렇게 검을 휘두르는가? 그것은 그대에게 개선하라고 하는 것이 아니라 변혁하라고 소리지르는 것이다.

사람들은 현재의 자신을 조금이라도 유지하고 싶은 은밀한 욕망을 가지고 있다. 개선이란 자신은 여전히 전과 같은 상태에 있으면서 더욱 부유해지고 아름다워지며 축복을 받기를 원하는 것이다. 이렇듯 시간이 갈수록 배경은 복잡해졌지만 주인은 그대로이다.

변혁은 그 반대이다. 주변은 그대로이지만 주인이 바뀌었다. 그 주인은 옛날의 주인이 아니라 완전히 새로워진 사람, 힘들고 어려운 길을 지나 새로 태어난 바로 그 사람이다.

스승은 그대의 목을 벤다. 그대의 머리를 망치로 깨어 부순다. 그리하여 그대가 그 충격을 기꺼이 받아들일 때 영혼은 거듭날 수 있게 된다. 그것이 시작이다.

지혜로운 자의 대답은 오늘과 내일이 다르다

오페라 극장에서 졸고 있던 한 남자가 코를 골기 시작했다. 그러자 안내인이 뛰어와서 그를 흔들어 깨웠다.

"선생님, 제발 코를 골지 마십시오. 당신은 지금 다른 사람들을 방해하고 있습니다."

깊은 잠에서 깬 남자는 화가 난 목소리로 말했다.

"이봐요. 나는 돈을 내고 이 좌석을 산 거요. 그러니 내가 자든 말든 당신이 상관할 바가 아니란 말이오."

그러자 안내인이 웃으며 말했다.

"그건 그렇습니다. 하지만 선생님 때문에 다른 손님들이 잠을 이룰 수가 없다고 항의하고 계십니다."

서로의 묵시적인 이해의 공간을 만들어라. 그렇게 되면 그대가 꽃을 들어도 웃고 바위를 들어도 상대방은 웃을 것이다. 그렇지 않다면 아무리 광대짓을 한다 해도 아무런 효과가 없을 것이다.

그 사람의 안으로 들어가라. 그대는 끊임없이 수많은 질문에 시달린다. 그리고 그 모든 것에 대해 하염없이 생각한다. 하지만 그것은 기실 우스꽝스러운 짓이다. 인생은 단순히 존재하는 것이지 껍데기가 아니기 때문이다.

그대는 어떤 코미디언을 보면 그가 공연한 희극을 떠올리며 웃을 것이다. 하지만 어떤 사람은 그가 웃기기 위해 흘린 인고의 세월을 떠올리며 손수건을 꺼내들 것이다.

이것은 어떤 면에서 경이롭고 신비스런 현상이다. 그 실체를 그대가 접촉하지 않았더라도 볼 수 있다. 어떻게? 시인의 눈이 되어야만 한다. 사색가의 가슴이 되어야만 한다. 그렇게 되면 논리는 우스워진다.

한 정신병원에 신임 원장이 부임해왔다. 그래서 정신병자들을 모아놓고 이취임식을 하게 되었다. 그런데 신임 원장은 깜짝 놀랐다. 전임 원장이 이임연설 대신 몇 개의 번호만을 말했는데도 환자들은 너무나 우습다는 듯이 깔깔대는 것이 아닌가.

가령 그가 '49'라고 말하면 환자들은 재미있는 유머를 들은 듯이 배꼽을 잡고 웃었다. 그가 '79'라고 말하면 그들은 더욱 미친 듯이 웃음을 터트렸다. 신임원장은 이런 상황을 이해할 수가 없었다. 그래서 전임원장에게 물었다.

"이게 어떻게 된 일이죠? 그 숫자의 의미가 대체 뭡니까?"

그러자 전임 원장은 미소를 지으며 대답했다.

"그것은 농담의 번호입니다. 저는 오랫동안 이곳에서 일했기 때문에 환자들과 묵시적인 이해를 갖게 되었습니다. 그래서 제가 농담의 번호를 말하면 그들은 금방 알아채고 웃는 것이지요."

신임원장은 감탄하였다.

"대단하십니다. 제게도 좀 가르쳐 주십시오. 저도 그들과 함께 농담을 해 보고 싶습니다."

다음날 신임 원장은 밤새 배운 농담의 번호를 되새기며 환자들 앞에 섰다. 그리고 자신만만하게 '58!' 하고 소리쳤다. 이 말에 환자들은 눈을 멀뚱멀뚱 뜬 채 그를 바라보았다.

신임 원장은 당황했지만 환자들이 오늘은 기분이 좋지 않은 모양이라고 생각했다. 그래서 더욱 재미있는 농담을 해주기로 했다. '98! ' 하지만 환자들은 요지부동이었다. 한 사람도 미소지어주는 이가 없었다. 힘이 빠진 신임 원장이 곁에 서 있던 전임 원장에게 물었다.

"이게 대체 어떻게 된 일이죠?"

그러자 전임 원장이 대답했다.

"당신이 농담하는 법을 잘 모르기 때문이지요."

삶의 대답을 미리 준비하지 말라. 삶은 고정된 것이 아니라 자연스럽게 흘러가는 것이다. 내일이 오면 그대는 내일을 맞이하지 못한다. 그대는 이미 지나가 버린 어제에 집착하고 있기 때문이다.

의심스럽다면 유식한 학자들에게 가서 물어 보라. 신이 무엇이냐고. 그들은 그대가 채 다 묻기도 전에 장광설을 늘어놓을 것이다. 그대의 질문은 그들에게 하등의 가치도 없다. 오로지 그들이 이미 준비해 놓은 대답 외에는……. 그 대답은 이미 있었으므로 서랍 안에서 꺼내 펼쳐놓기만 하면 되는 것이다.

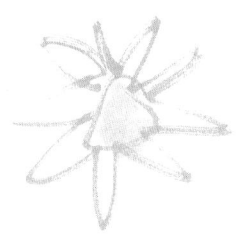

지식을 가진 사람들은 그렇다. 그대가 조금만 주의를 기울인다면 그 대답을 충분히 예측할 수 있다. 고개를 끄덕일 수도 있다. 왜냐하면 그대는 이미 대답을 알고 있기 때문이다.

지혜로운 사람은 그렇지 않다. 그는 아무런 준비도 없다. 그는 꺼내 들지 않는다. 단지 반응할 뿐이다. 그러므로 아무도 고개를 끄덕일 수 없다. 지혜로운 자의 대답이 내일도 오늘과 같으리라는 보장이 없는 것이다.

과정을 중시하라. 속성으로 이룰 수 있는 것은 없다

할리우드의 유명한 연출가에게 한 신인 작가가 장편 원고를 들고 갔다. 그러자 그 연출가가 말했다.

"이봐요. 이 원고는 너무 길어요. 나는 시간이 별로 없으니까 내용을 간단하게 요약해서 가져오도록 해요."

그래서 작가는 작품을 다섯 쪽 분량으로 요약해서 가져갔다. 그런데 연출가는 또 양미간을 찡그렸다.

"좀더 내용을 압축할 수는 없겠소? 한눈에 스토리를 알아볼 수 있게끔 말이오."

다음날 작가는 백지 한 장에 다음과 같이 써서 연출가에게 보여주었다.

'남자 주인공 중위. 여주인공은 그의 상관인 대령의 아내. 두 사람은 정열적인 사랑에 빠짐. 동반 자살함.'

그러자 연출가는 그 종이를 집어던지며 소리쳤다.

"이 작품은 곤란해요.〈안나 카레니나〉하고 내용이 똑같잖소?"

인내는 진리를 향한 기본 조건이다. 그것은 재빨리 요리해 먹을 수 있는 인스턴트 식품이 아니라 유장한 강물 같은 것이다. 그대여, 진리를 깨닫기 위해서는 결코 서둘러서는 안 된다. 그것은 향기로운 술이 익어가듯 그대의 내면에서 오래도록 숙성되어야만 하는 것이다.

어린이가 어른으로 자라나듯이 그대에게는 과정이 필요하다. 시험관에서 식물을 배양하듯 진리를 속성으로 깨달을 수는 없는 것이다. 그대는 자신을 위한 시간을 아까워하지 말라. 한낱 먼지로서 쌓여지는 산을 보라.

사람들은 무슨 일이든 빨리 이룩하기 위해 서두르고 있다. 그리하여 속도는 하나의 가치가 되었고 속성이란 커다란 미덕으로 자리매김되고 있다. 방법이나 과정은 뒷켠에 물러나 있다. 그저 빨리만 달린다면 아름다운 것으로 인식되고 있는 것이다.

그것은 완벽한 허위이다. 진리는 결코 요약되지 않는다. 진리는 속성으로 만들어낼 수 없다. 그대는 지혜를 재빨리 얻고 싶은가. 그렇다면 그만 물러서라.

사랑은 너무나 넓다. 인생도 마찬가지다. 하지만 법은 제한되어 있다. 그러므로 법전은 요약할 수 있지만 그대의 인생이나 사랑은 요약될 수 없다. 법은 명확하지만 인생은 그렇지 않다. 어느 누가 자신의 삶을 요약해서 살 수 있단 말인가.

살아있는 것을 요약하지 말라. 나는 아직 살아있으므로 나를 요약한다는 것은 불가능하다. 내가 세상을 하직하면 사람들은 나를 요약할 것이다. 하지만 그 요약조차 완전할 수가 없다. 그것은 추측일 뿐이기 때문이다.

그대는 부처를 요약할 수 없다. 그러나 위선자들은 그 위대한 깨달음을 요약할 수 있다고 믿는다. 그리하여 제각각 입맛에 맞는 많은 요약이 만들어졌다. 저마다 부처의 허상을 그리고 그 우산 밑에 모여들었다.

부처가 열반에 들었을 때 커다란 집회가 열렸었다. 500여 명의 제자들이 스승으로부터 들은 바를 암송하기 시작했다. 그리고 논쟁이 벌어졌다. 격렬한 토론이 벌어지고 그 때문에 36개의 분파가 생겨났다. 그것이 이제는 360개의 분파로 늘어났다.

부처는 제자들의 성품과 특성에 따라 다양한 방법으로 가르침을 주었다. 그런데 그들은 스승이 자신들에게 준 말씀만이 전체를 총괄하는 진리라고 고집하였던 것이다. 그리하여 강물이 바다로 흘러가지 못하고 수백 개의 실개천으로 흩어져버렸다.

보라. 지금도 얼마나 많은 부처의 분파가 서로 이전투구를 벌이고 있는가.

암스테르담 국립 박물관에서 한 노부부가 천재화가 렘브란트의 걸작인 〈야경〉을 감상할 기회를 갖게 되었다. 그들은 여러 개의 복도를 지나 한참을 걸은 뒤에야 마침내 그 유명한 그림 앞에 서게 되었다. 그때 안내인의 귀에 남편이 아내에게 속삭이는 말이 들려왔다.

"여보, 이 액자 좀 보구려. 참 대단하지 않소?"

그대는 이 부부와 마찬가지의 수렁에 빠져 있다. 본질을 놓치고 있기 때문이다. 물론 그 액자가 아름다울 수도 있다. 하지만 그들은 렘브란트의 걸작을 보러 갔다. 백화점에 액자를 구입하러 간 것이 아니다.

　거기에서의 진리는 렘브란트의 혼이 담긴 그림이다. 그것을 감싸고 있는 액자가 아니란 말이다. 그대여, 결코 액자에 현혹되지 말라. 걸작을 바로 보라.

죽은 육체에서 영혼을 기대하지 말라

치토파드(chittopad), 즉 위대한 결정을 내려라.
새로운 마음을 일으켜라. 도구를 버려라.
낡은 마음으로는 이 세상에 머물 수 없다.
열정은 욕심으로 가득 찬 마음이다. 그것은 낡은 마음이다.
열정이 자취를 감추면 자비가 눈을 뜬다.
자비란 어둠 속을 헤매는 사람들에게 저쪽 기슭으로 인도하는 것이다.

"나는 뗏목의 비유로서 뒤에 버리고 가야 할 그 무엇, 지니고 다니지 말아야 할 그 무엇을 가르칠 것이다. 어떤 사람이 뗏목의 도움을 받아 거센 물줄기를 건넌다면, 두려움과 의심이 가득한 이쪽 기슭을 건너 두려움으로부터의 해방과 안전이 있는 저쪽 기슭에 닿았다면, 그는 뗏목을 어깨에 메고 가지 않을 것이다. 뗏목이 아무리 큰 도움을 주었다해도 그는 그 뗏목을 뒤에 버리고 갈 것이다. 그는 뗏목과 관계를 끊을 것이다. 그러니 구도의 길을 가는 벗들이여, 우리는 옳지 않은 길은 말할 것도 없고 올바른 길도 뒤에 버려두고 가야 한다."

부처의 가르침을 들으라. 그대가 깨달음을 얻는다면 그 동안의 도구들을 훌훌 털어버려야 한다.

그대가 오랜 인내로 이루어낸 요가, 탄트라 등의 모든 방법론과 테크닉, 명상과 기도 등은 부처의 말처럼 건너편 기슭에 도달하기 위한 방편일 뿐이다. 기슭에 도달하면 그것들을 뒤에 버려두고 나와야 하는 것이다.

위대한 부처로 칭송 받던 고승 테넨 탄카가 언젠가 한 절에 가서 하룻밤을 묵었다. 그 절의 주지는 테넨의 방문을 매우 영광스럽게 생각했다. 그 날은 매우 추운 밤이었다. 밤이 깊자 주지는 테넨이 무엇을 하고 있나 살펴보러 갔다가 깜짝 놀랐다. 그는 법당 안에 모셔져 있는 나무불상을 내려 불을 피우고 있던 것이었다. 주지는 엉겁결에 큰 소리로 테넨을 꾸짖었다.

"아니. 스님. 이게 무슨 짓입니까? 불상을 태우다니요."

그러자 그는 아무렇지도 않은 듯이 웃으며 지팡이로 아궁이를 뒤적였다.

"난 지금 불상의 유골을 찾으려고 한다네."

"아니, 정말 미치셨습니까? 나무 불상에 무슨 유골이 있단 말입니까?"

"정말 없단 말인가?"

"그렇습니다. 나무 불상에는 분명 유골이 있을 리 없지요."

"그렇다면 다른 불상도 마찬가지겠군. 보게나. 오늘 밤은 너무 추워서 나같이 살아있는 부처도 떨고 있지 않은가. 그런데 유골도 없는 나무 불상들이 보좌 위에 앉아 있다는 게 말이 되질 않지."

이 말에 주지가 어찌할 바를 모르자 테넨은 다시 불상 두 개를 내려 아궁이에 쳐넣었다.

주지는 문득 나무 불상에 유골이 없다는 자신의 말에 커다란 죄의식을 느꼈다. 만일 그 말을 하지 않았다면 두 개의 불상은 온전하게 살아남았을 것이었다. 그가 보기에 테넨은 분명 미치광이임에 틀림이 없었다. 그런데 주지 자신은 그의 행동을 제지하기는커녕 부추긴 꼴이 되었다.

그 순간 그에게 일어난 커다란 의혹은 그를 지옥으로 떨어뜨렸다. 하지만 불상을 태운 테넨은 지옥이 아니라 오히려 니르바나에 이르렀다.

참으로 이상한 이야기이다. 왜 테넨이 지옥에 떨어지지 않은 것일까?

그 해답은 간단하다. 불상을 태울 때 그의 마음속에는 단 한 점의 의심도 없었다. 그의 눈에 나무 불상은 부처가 아니라 나무일 뿐이었다.

나무는 부처가 될 수 없다. 나무에 어떤 형상을 새겼다고 해서 그것이 실체가 될 수는 없는 것이다. 그런 확신이 있었으므로 그는 두 개의 불상을 더 아궁이에 집어넣었다. 왜냐하면 그날 밤은 몹시 추웠으므로.

그의 행동은 참으로 완벽했다. 그는 틀림없이 니르바나에 이르러 부처가 되었을 것이다. 그 형식은 그 자신이 평생 동안 가르쳐 온 깨달음의 정수였다.

'무형식에서 형식을 찾지 말라. 말 자체에서 전언 내용을 찾지 말라. 보다 깊이 파고들어라. 무형식으로 들어가라. 육체에서 영혼을 찾지 말라. 더 깊이 들어가라. 그리하여 내부의 공에 도달하라.'

이것이 바로 그의 살아있는 행위였다. 지팡이로 아궁이를 뒤적이며 그는 말했다. 이것은 단지 나무일 뿐 유골조차 없다는 것이었다. 죽은 나무라는 확신.

주지에게는 테넌과 같은 확신이 없었다. 그는 불상에 집착하였다. 그는 나무를 보지 못했다. 그리하여 '나는 죄를 범한 것이 아닌가' 하는 의혹과 두려움에 빠져들었던 것이다. 그 순간 그의 마음은 곧 지옥이 되었다.

그대여, 준비하라. 빈 그릇에 오물을 채우지 말라

고매한 학식을 갖춘 학자 한 사람이 부처를 찾아가 삶에 대한 질문을 던졌다. 그런데 부처는 고개를 설레설레 흔들었다.

"나는 지금 그대에게 대답을 해줄 수 없다."

"무슨 까닭이십니까? 저는 그 해답을 얻기 위해 수천 마일을 걸어왔습니다. 지금 당신은 시간이 없으십니까?"

"그건 문제가 아니다. 나에게는 시간이 많다. 하지만 그대에게 그 대답을 해 줄 수가 없다."

"저는 대체 무슨 말씀인지 알아들을 수가 없군요."

그러자 부처는 정색을 하고 대답했다.

"세상에는 세 종류의 듣는 사람이 있다.

첫째는 뒤집어진 항아리와 같은 사람이다. 그에게는 아무런 이야기도 들어가지 않는다.

둘째는 구멍이 뚫린 항아리와 같은 사람이다. 그 항아리는 똑바로 놓여있으나 이야기는 밑으로 새어나가고 아무 것도 남아있지 않게 된다.

셋째는 그 형체는 온전하지만 오물로 가득 찬 항아리와 같은 사람이다. 그 항아리에는 그 무엇이라도 들어가는 순간 더러워지게 된다.

지금 그대는 이 세 가지를 모두 가지고 있다. 그대는 너무나 많은 지식을 가지고 있다. 지식은 곧 오물이다. 지금까지 그대가 배워온 것은 모두 오물이다. 반면 그대가 이해한 것만이 그대를 정화시키고 변형시키며 해방시킨다.

타인에게 빌려온 것은 모두가 오물이다. 그런데 그대는 그 모두를 훔쳐 자기 것인양 떠벌이고 있다. 그것이 어떻게 그대를 정화시킬 수 있겠는가. 그대는 가식으로 가득 차 있다. 그대는 지금도 기만자요 위선자이다.

한 인간의 머리가 오물로 가득 찬 항아리와 같을 때에는 신이 그에게로 다가가도 아무런 도움이 되지 않는다. 어떤 신성한 말을 전할지라도 그에게로 들어가는 순간 그 말은 오염된다.

실로 학식이 있는 자는 너무나 튼튼한 고정관념을 가지고 있다. 그러므로 그를 변화시키기란 참으로 어렵다.

지식이 있는 사람은 담 뒤에, 더 많은 담 뒤에 숨고 있다. 그의 지식은 날이 갈수록 굳건해질지라도 이해의 폭은 날이 갈수록 좁아진다. 그러므로 지식을 갖춘 다음 깨달음을 얻는다는 말은 거짓말이다. 깨달음 뒤에는 지식이란 헛된 쓰레기와 마찬가지이기 때문이다.

어린아이들을 보라. 그들은 '눈을 감아라'라고 말하면 실제로 눈을 꼭 감는다. 실눈을 뜨지 않는다. 아이들은 순수하게 모든 것을 들을 준비가 되어 있는 것이다.

아이들은 자신이 눈을 꼭 감지 않으면 눈이 떠져 무슨 일이 벌어지고 있는지 보게 된다는 것을 알기 때문에 모든 힘을 눈까풀에 집중시킨다. 그것은 실로 아름다운 모습이다. 아이들은 전혀 오염되어 있지 않다.

모차르트는 그에게 레슨을 받으러 오는 사람들에게 반드시 이런 질문을 던졌다.

"당신은 전에 음악을 배운 적이 있습니까?"

만일 그 사람이 그렇다고 대답하면 모차르트는 수업료를 두 배로 청구했다. 하지만 그가 아니라고 대답하면 수업료를 반으로 깎아주었다. 나중에 이 사실을 알게 된 사람들이 까닭을 묻자 모차르트는 이렇게 대답했다.

"그건 당연한 일입니다. 음악을 배운 사람들의 경우 나는 그들에게 배어있는 찌꺼기를 먼저 말끔하게 거두어내야 합니다. 그것은 음악을 처음부터 가르치는 것보다 훨씬 어려운 일입니다. 그 사람이 가진 모든 것을 파괴해야 하니까요."

만일 그대가 준비가 되어 있다면 배움이란 몹시 쉽다. 순수한 가슴을 가진 사람, 어린이와 같은 가슴을 가진 사람은 참으로 가르침을 자신의 것으로 흡수할 것이다. 그러므로 그대여. 우선 젊은이들의 가슴이 되어라.

나이든 사람들은 영리하고 타산적이다. 그들은 어떤 것이 더 자신에게 이득을 주는지 비교한다. 때문에 그들은 사랑이 아닌 모든 것에 관심을 가진다. 본질이 아닌 모든 것들, 그래서 그들은 세속적이다. 곧 비본질적이라는 말이다.

인생을 바로 보라. 얼마나 많은 사람들이 가치 없는 교육을 받고 있는가. 하지만 교육은 인류에게 낙원을 가져다주지 못했다. 오히려 낙원은 사라져버렸다. 보라. 오히려 교육받지 못한 사람들이 그들보다 훨씬 더 순수하고 아름답다.

교육이란 적은 노력으로 많은 것을 얻게 하는 테크닉을 가르친다. 그들은 착취하는 법과 부를 쌓는 법을 배운다. 그리하여 깊은 소파에 몸은 담그고 사람들의 고혈을 뽑아낸다. 그 교육은 결코 그대에게 참다운 진리를 가져다 줄 수 없을 것이다.

그대는 세상에 태어나 그 동안 교육받고 보호받는 가정 생활을 영위해 왔다. 그러나 그 결과 그대가 얻은 참된 것이 있는가? 진실로 중요한 무엇을 얻었는가?

그대는 자신이 현명하게 살아왔다고 자신할 수 있는가? 그대는 자신이 지금 행복하며, 만일 신이 그대에게 똑같은 삶의 기회를 다시 한 번 준다면 지금의 과정과 같은 삶을 살고 싶다고 말할 수 있겠는가?

지식을 정화하라. 그리고 그대는 물론 그대의 자식이 오물에 물들지 않도록 가다듬어라. 하지만 그것이 그대의 선택이어서는 안 된다. 왜냐하면 그대는 아직 깨끗하지 못하기 때문이다. 자식이 원하는 길을 가게 하라. 그는 아직 물들지 않았다. 그의 옷깃을 뒷전에서 잡아채지 말라.

진리는 그 누구의 독점물도 아니며, 나이와는 아무런 상관이 없음을 명심하라. 그러므로 그대의 판단 역시 나이와 관계없이 옳을 수도 틀릴 수도 있는 것이다. 인류의 역사를 돌이켜 보라. 새로운 것은 늘 젊은이들을 통해 일어났다. 결코 나이든 사람들을 통해 일어난 적은 없다. 과거의 것에 익숙한 사람들은 창조적일 수가 없다. 그들은 주저앉는 사람들이다.

그대는 벌거벗은 임금님의 우화를 읽어보았을 것이다. 모든 백성들의 환호 속에 임금님이 벌거벗었을 때 한 어린이만이 이의를 제기했다. 그러자 그 아버지가 이렇게 꾸짖었다.

"조용히 해라. 넌 아직 어려서 그래. 네가 자라나서 어른이 되면 분명 저 옷이 눈에 보일 거야. 모르겠니? 지금 모두가 저 옷을 보고 있잖아."

매사가 늘 이렇다. 어린이만이 진리를 보았다. 그들은 결과를 두려워하지 않는다. 그러기에 용기가 있으며 대담하다. 그대여. 그대의 마음을 주장하지 말라. 그들에게 강요하지 말라. 세상의 아버지들이 오랜 세월 동안 해 온 실수를 답습하지 말라.

단지 그대의 감정을 보여주라. 결코 '네가 자라 충분한 교육을 받으면 더 많은 것을 이해할 수 있다'라는 식으로 말하지 말라. 어린이들은 수많은 사람들 속에서 진리를 보고, 인식하고, 말할 수 있는 성숙한 존재이므로.

마음은 미쳐있다.
그 에너지를 빼앗아 가슴에 담아라

    한 남자가 이층 버스 안에서 같이 타고 있던 여자 승객을 구타했다는 이유로 법정에 서게 되었다. 판사가 그 남자에게 사건 정황을 설명해 보라고 했다. 남자는 멀뚱한 표정으로 말을 시작했다.

    "네, 판사님. 그녀는 아래층 내 옆좌석에 앉아 있었습니다. 그런데 그녀가 핸드백을 열고 지갑을 꺼내더니 다시 핸드백을 닫고 지갑을 열었습니다. 그리고 그 안에서 동전을 하나 꺼낸 후 지갑을 닫고 핸드백을 열고 그 안에 지갑을 넣고 핸드백을 닫았습니다. 그리고 나서 그녀는 차장이 위층으로 올라가고 있는 것을 보고는 다시 핸드백을 열고 지갑을 꺼낸 다음 핸드백을 닫고, 지갑을 열고, 그 속에 조금 전에 꺼낸 동전을 다시 넣고 지갑을 닫고, 핸드백을 열고, 지갑을 넣고, 핸드백을 닫았습니다. 그리고나서 그녀는 차장이 위층에서 내려오고 있는 것을 보자 핸드백을 열고 지갑을 꺼낸 다음 핸드백을 닫고 지갑을 열고 동전을 꺼내고……."

    갑자기 판사가 귀를 싸매고 소리쳤다.

    "그만! 제발 그만하시오. 당신은 나를 미치게 할 작정이오?"

    "판사님. 그때 저도 그랬습니다."

우리는 미쳐가고 있다. 아니 항상 미쳐 있다. 사람들의 마음을 들여다 보라. 거기에는 토네이도에 휩쓸린 듯한 마음의 병이 도사리고 있다. 그 내부를 자세히 살펴 보라. 그곳에는 신의 왕국이 아니라 발광하고 있는 환자로 가득한 정신병원이 있다.

그들에게는 똑같은 생각이 반복되고 있다. 마치 전축의 레코드가 똑같은 음악을 계속 틀고 있듯이, 그 안에는 축복이 있는 것이 아니라 정신 분열이 자리잡고 있다.

그대여, 자신을 들여다 보라. 미친 사람들은 자신이 미쳐있음을 결코 깨닫지 못한다. 그들은 자신만 빼고 온 세상이 미쳤다고 생각한다. 그리하여 온전한 정신을 가졌다고 알려진 노자는 이렇게 푸념하였다.

"나를 빼고는 온 세상 사람들이 모두 똑똑한 것 같다. 나를 빼고는 온 세상 사람들이 죄다 현명하다. 나는 혼란스럽다. 온 세상이 분명하고 투명한 마음을 가지고 있는데 나만이 어지럽다. 나 혼자만이 바보이다."

그대 역시 스스로 미쳐가고 있음을 깨달으라. 여기에 두 가지 진실이 있다. 어떤 하나는 미치고 있고 어떤 하나는 그것을 지켜보고 있다. 지켜보고 있는 존재 역시 그대이다.

마음은 항상 미쳐있다. 우리가 마음을 지켜보지 않는 것은 바로 그 때문이다. 마음을 지켜보라. 자신의 상태를 제대로 본다면 그대는 집에 점점 더 가까이 다가가고 있는 것이다.

깨어 있으라. 깨어있기 위해 노력하라. 그대가 깨어있을수록 마음에서 들려오는 온갖 소란스런 소리들은 잦아들 것이다.

에너지를 마음에서 빼앗아라. 자신의 깨달음 속에 그 에너지를 담으라.

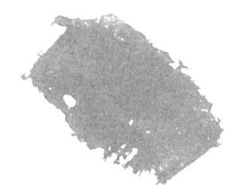

그대 안에 있는 행복을 확인하려 들지 말라

한 나이많은 랍비가 사람들에게 말했다.

"죽기 전에 회개하라."

그 말을 듣고 사람들이 이구동성으로 물었다.

"랍비여. 저희들은 언제 죽을지를 알지 못합니다."

그러자 랍비가 다시 말했다.

"그렇다면 오늘, 아니 지금 당장 회개하라."

그대는 아직도 행복의 파랑새를 쫓고 있는가? 이제 그 미련을 버려라. 그것은 결코 바람직하지 않다. 행복이란 인위적으로 추구될 수 있는 것이 아니기 때문이다. 행복이란 삶의 자연스러운 부산물일 뿐이다. 그러므로 그것은 목표가 될 수 없다.

행복은 언제나 그대 곁에 서 있다. 하지만 그대가 느끼려 할 때면 그것은 언제 그랬냐는 듯이 시야에서 사라져버린다. 행복은 참으로 교만하기 때문에 누군가가 확인하려고 두리번거리면 촛불처럼 꺼져

버리는 것이다. 그대여, 스스로의 행복을 묻지 말라. 그대는 불행을 볼 것이다.

행복의 단짝은 불행이 아니다. 그럼에도 불구하고 그대는 해가 뜨지 않으면 비가 내릴 것이라고 착각하고 있다. 자신이 빗속에 젖어 있다는 미망에 사로잡혀 있는 것이다.

있는 것은 있는 것이다. 그대가 숨쉬는 공기와도 같이. 그 분명한 진리를 확인하기 위해서 그대는 호흡을 멈추려고 한다. 하지만 그것은 고통스럽기만 하다. 공기는 그대의 손에 쥐어지지 않는다.

작은 강아지가 자신의 꼬리를 쫓아 빙글빙글 돌고 있었다. 이 모습을 본 어미개가 물었다.

"아가야. 대체 뭐하고 있는 거니?"

작은 강아지가 대답했다.

"엄마, 저는 행복이 제 꼬리에 있음을 알았어요. 그래서 그 꼬리를 쫓고 있는 거예요. 제가 꼬리를 물면 정말 행복해질 거예요."

그러자 어미개가 말했다.

"얘야. 나도 행복이 꼬리에 있다는 걸 잘 알고 있단다. 하지만 그걸 꼭 붙잡으려 할 필요는 없단다. 내가 식사할 때나 산책할 때나 꼬리는 항상 나와 함께 있으니까."

어미개의 목소리를 들어라. 자신의 일에 열중할 때 행복은 항상 곁에 있다. 이보다 가치 있는 것이 무엇이겠는가?

그대가 하고 있는 일에 몰두하라. 그것이 남 보기에 위대하든 하찮은 일이든 무슨 상관이란 말인가. 청소할 때는 열심히 청소하고 요리할 때는 열심히 요리하라. 물건을 팔 때는 거기에 전심전력을 기울여라. 그렇게 몰두할 때 에고는 사라지고 행복이 기지개를 켠다.

그대가 분열되면 에고가 존재할 공간이 없어진다. 춤을 출 때 춤 자체가 되어 버려라. 노래를 부를 때 노래 자체가 되어 버려라.

그대는 자신을 완전히 잃어버려야 한다. 행복의 기술은 망각의 기술이다. 그것은 '어떻게'의 문제가 아니라 단순히 행동하는 기술이다.

누군가와 함께 할 때 어떤 생각이나 이해, 계획을 세우지 말라. 그저 그의 말에 귀를 기울이면 된다. 자신을 망각하고 조용히 뭔가에 몰두하는 사람이 불행하다는 소리를 나는 듣지 못했다.

그대는 이미 준비되어 있다. 행복은 이미 그대 곁에 있다. 그와 함께 하는 이 순간, 이 유일한 장소가 바로 그대 자신이다. 몰두하라. 오로지 몰두하라.

육체의 메시지를 들어라. 그것은 그대의 언어이다

한밤중에 경찰차가 사이렌을 울리며 은행강도가 탄 차를 맹렬하게 쫓고 있었다. 드디어 거의 다 따라잡았을 무렵 갑자기 경찰차가 방향을 바꾸어 주유소 쪽으로 달려갔다. 덕분에 은행강도는 쾌재를 부르며 멀리 달아나 버렸다. 주유소에 차를 세운 경찰은 상관에게 전화를 했다. 상관은 흥분된 목소리로 물었다.

"그래. 그놈들을 다 잡았나?"

경찰이 대답했다.

"굉장히 운이 좋은 놈들인데요. 거의 다 따라잡았는데 차의 운행거리가 500마일이 넘어서 추격을 중단했거든요. 규정집에 의하면 경찰차는 500마일이 넘으면 즉시 기름을 넣어야 한다고 되어 있어서 말입니다."

그대가 현명한 사람이라면 결코 자신이 가진 것을 부정해서는 안 된다. 만일 그대가 자신의 육체를 외면한다면 육체는 그대에게 복수를 할 것이다. 그대가 자신의 정신을 외면한다면 그대는 쓸모 없는 고깃덩이에 불과하게 된다.

　부정하지 않는 자연스러움, 이것을 깨달은 사람들은 도라고 부른다. 보라. 사람에게는 주어진 제각각의 감각이 있다. 그것은 그대에게 쾌락을 주기도 하고 고통을 주기도 한다. 자신이 천부적으로 가지고 있는 감각을 긍정하라. 그리고 그것이 안겨주는 기쁨을 향유하라.

　인간이라면 누구나 고통보다 쾌락을 원한다. 이별보다는 만남을 원한다. 불행보다는 행복을 원한다. 가난보다는 부유를 원한다. 이런 것들이 삶의 자연스러움이다. 그대가 애써 이런 본질을 부정한다면 결코 근원에 이르지 못할 것이다.

　감각적이라는 것은 지적이며 살아있다는 것을 의미한다. 그런데도 세상의 종교는 이런 그대의 감각을 박탈하여 우둔에 빠뜨리려 한다.

　그들은 그대의 혀를 마비시켜 아무런 맛을 느끼지 못하게 하고 아름다움을 보지 못하게 하여 그대를 감옥에 쳐 넣으려 한다. 그렇게 되면 그대는 대체 경험해 보지도 못한 구원이니 천국이니 하는 환상을 쫓는 거지가 되고 마는 것이다.

　행복을 구걸하지 말라. 그것은 그대의 몸 안에 담겨 있다. 감각적인 인간이 되어라. 신이 안겨준 그대의 모든 감각을 최대한 사용하여 삶을 풍요롭게 만들라.

　육체는 그대의 사원이며 신의 성스러운 선물이다. 그것은 너무나도 민감하고 아름답다. 그러므로 자신의 육체를 모독하지 말라. 그것은 그대와 관계없이 신이 부여한 것이다.

　신은 인간에게 멋진 세계를 볼 수 있는 눈과 음식을 즐길 수 있는 혀, 신비로운 선율을 들을 수 있는 귀와 사랑을 나눌 수 있는 성기를 주었다. 달릴 수 있는 다리와 느낄 수 있는 손을 주었다. 여기에는 엄청난 신의 조화가 숨어있다. 왜 이 조화로운 육체를 부정하려 하는가.

육체에 귀를 기울여라. 그것은 적이 아니라 그대의 지혜이다. 육체를 무시하고 마음의 여행을 떠나지 말라. 육체가 그대를 붙잡을 것이다.

"유일한 황금률이 하나 있다. 그것은 바로 황금률은 존재하지 않는다는 것이다."

버나드 쇼의 말이다. 이 말은 진리이다. 모든 개인은 각자 독특하기 때문에 어떤 법칙도 모든 인간을 포용할 수 없다. 그러므로 그대의 감각은 그대만의 고귀한 감각이다.

"불행하면 불행할수록 그대는 보다 많은 가치를 갖는다. 만일 그대가 행복하다면 그것은 죄악이다. 불행만이 미덕이다."

그런데 많은 스승들이 이렇게 종교라는 이름으로 그대에게 자학을 가르쳤다. 그들은 자학할수록 신의 눈에 띄고 가치 있는 존재로 보일 것이라고 말해왔다. 이것은 터무니없는 논리이다. 이것은 참으로 어리석기 짝이 없는 일이다.

종교가 가르쳐주는 규율에 매이지 말라. 그 엄하기 짝이 없는 규율에 따르기 시작하면 그대는 자유를 박탈당할 것이다. 맛보고 느낄 수 있는 인간의 행복을 감옥에 처 넣게 되는 것이다.

한 국회의원의 집에서 만찬이 열렸다. 초대받은 손님들이 도착하면 비서가 현관으로 나가 문에 있는 작은 구멍을 통해 인적사항을 확인한 후 안으로 들여보냈다. 그렇게 몇 사람이 들어간 다음 국회의장이 도착했다. 비서가 그를 보고 문을 열어준 다음 말했다.

"우산은 문 옆에 놓으십시오."

이 말에 국회의장이 미소를 띠며 말했다.

"여보게. 난 우산을 가져오지 않았네."

그러자 그 비서는 단호한 목소리로 소리쳤다.

"의장님, 그렇다면 댁에 돌아가셔서 우산을 가져오십시오. 의원님께서는 제게 모든 손님들의 우산을 문 옆에 놓도록 지시하셨습니다. 그렇지 않으면 저는 만찬장으로 의장님을 들여보낼 수 없습니다."

이 하인이 바로 그대의 스승이다. 그들은 하찮은 규율로 그대를 묶어버린다. 깨어나라. 그대의 의식을 되찾으라. 그것은 이미 그대와 함께 있다.

그대가 행복할 때 그대는 신과 함께 있다. 만일 불행하다고 느낀다면 이미 신은 그대의 곁에 없는 것이다. 그대가 진실로 조화로운 상태에 있을 때 신도 행복하다는 말이다.

불행하다는 것은 죄악이다. 그러므로 스스로를 자학하거나 타인을 학대하지 말라. 그것은 깊은 병이다.

히틀러는 타인을 학대했지만 마하트마 간디는 자신을 학대하였다. 그들은 실로 같은 배를 타고 있다. 그들은 양극단에 있지만 같은 배 위에서 즐거움을 찾았다.

그들의 마음은 학대에 있다. 사람들이 이러한 논리를 이해하지 못하기 때문에 히틀러는 비난을 받지만 간디는 존경을 받고 있다. 이것은 아이러니다. 그들 사이에는 동일한 논리가 있는 것이다. 간디는 이렇게 말했다.

"단순히 맛을 즐기기 위해 음식을 먹지 말라. 음식은 즐거움을 위해서가 아니라 생명을 유지하기 위해 존재한 것이다."

그는 먹는 즐거움을 일상적인 일과의 하나로 전락시켰다. 그는 또 이렇게 말했다.

"아이를 만들고 싶을 때만 섹스를 하라. 결코 쾌락을 위해 섹스를 하지 말라."

그의 말은 동물들에게 어울린다. 개들은 맛을 모르고 먹는다. 개들은 종족보전을 위해 교미를 한다. 거기에는 생물학적 욕정 외에는 아무 것도 없다. 개는 일이 끝나면 곧장 상대방을 잊고 제 갈 길로 가버린다. 결코 사랑한다는 말을 하지 않는다. 왜 이러한 모습을 인간에게 강요하는가.

인간이 동물보다 위대한 것은 즐거움을 알기 때문이다. 오로지 인간만이 그 행위의 아름다움을 위해 섹스를 하는 것이다. 두 육체가 서로 만나 서로를 포함하여 상대방의 존재 속으로 사라지는 일, 서로에게 완전히 사로잡혀 새로운 하모니를 엮어내고 오르가즘을 겪는 것은 어떠한 음악보다도 환상적이다. 거기에 어린애 문제나 생물학적인 감응 따위는 없다. 그것은 목적을 위한 수단이 아니다. 행위 자체의 아름다움이 있는 것이다.

맛을 즐기며 음식을 먹으라. 사랑의 즐거움을 위해 사랑하라.

그래야만 진실로 인간이 될 수 있는 것이다.

행복을 부정하지 말라. 그것을 부정하는 사람은 위선자이며 정신병자이다. 행복은 다른 모든 것의 목적이며 원천이다.

신은 그대를 통해 수백만 가지의 모습으로 행복을 추구한다. 신을 도와라. 웃음이 있고 노래가 있으며 춤이 있는 세계로 그를 안내하라. 보다 높은 차원의 행복을 향해 달려가라.

새로움에 도전하라. 그것이 그대를 빛나게 한다

영어를 못하는 아프리카의 한 공무원이 공무차 미국 의사당에 갔다. 점심시간을 알리는 벨이 울리자 식당으로 가서 줄을 섰다. 그런데 그는 무엇을 주문해야 좋을지 몰라 주위를 두리번거렸다.

그가 보니 자신의 앞에 선 사람이 애플파이와 커피를 주문하고 있었다. 그는 얼른 그 소릴 따라 했다.

"애플 파이!"

이렇게 해서 그는 2주 내내 애플파이와 커피만을 주문해서 먹었다. 그러다 애플파이에 질려버린 그는 다른 것을 주문하고 싶었다. 그런데 어떤 사람이 햄 샌드위치를 주문하는 소리가 귀에 들려왔다. 그는 자신감을 가지고 카운터맨 앞에 서서 말했다.

"햄 샌드위치."

그러자 카운터맨이 물었다.

"흰 빵으로 할까요, 검은 빵으로 할까요?"

그 말이 무슨 뜻인지 모르는 공무원은 다시 말했다.

"햄 샌드위치."

"흰 빵입니까, 검은 빵입니까?"

"햄 샌드위치."

마침내 카운터맨은 화가 나서 그에게 주먹을 들이대며 소리쳤다.

"이것 보세요. 흰 빵을 먹겠소, 아니면 검은 빵을 먹겠소?"

그러자 두려워진 공무원은 입을 비죽이며 대답했다.

"애플 파이."

삶은 새로운 것만을 받아들일 때만 의미가 있다. 그런데 사람들은 기존의 것만을 찾는다. 왜냐하면 새로운 것을 익히려면 골치 아프기 때문이다. 하지만 삶은 신선한 공기를 받아들이는 가운데 성장한다. 결코 아는 자가 되지 말라. 마음의 문을 열고 항상 배우는 자가 되라.

그대여, 매순간마다 어린이의 호기심으로 도전하라. 그것은 그대의 영혼을 충만하게 할 것이다.

그대는 기존의 모든 것이 저윽이 불만스럽더라도 애써 효율적이고 안전하다는 믿음을 가지려고 한다. 그대는 새로운 것을 대하면 먼저 자신의 무지를 보게 된다. 그리하여 새것보다는 묵은 것이 훨씬 좋다고 고집 부리는지도 모르겠다.

물론 그대는 기존의 것에 대하여 누구보다도 많은 것을 알고 있다. 그것은 어떤 주의도 필요 없이 항상 그대의 생활 속에 있어왔다. 하지만 그대는 잊고 있다. 모든 일에는 항상 처음이 있다는 것을……

기억해 보라. 그대가 운전을 배울 때는 주변의 모든 상황에 대하여 주도면밀하게 관찰하고 조심했다. 하지만 몇 년 동안 차를 운전하다보면 게을러지고 제멋대로 행동한다. 친구와 이야기를 하면서 콧 노래를 부르면서 앞으로만 달린다.

만일 그대에게 더 큰 차량이 주어지면 그대는 다시금 과거의 마음으로 돌아가고 말 것이다. 똑같은 구조인데도 그대는 그것에 대한 두려움으로 몸을 떤다. 그리하여 그대는 자신의 낡은 차와 낡은 기술에 더욱 집착하고 만다.

새로움을 받아들여라. 배움이란 부패해 가는 그대의 삶에 윤기를 준다. 하나만 아는 사람이 되어서는 곤란하다. 가장 잘 알고 있는 것을 그대의 것을 나누어주고 사람들의 새로운 숨결을 그대의 심장에 불어넣어라. 따지고 보면 명상은 깨달음이란 목적지로 가는 그대의 자동차에 다름 아니다.

거짓을 떨쳐버리고 진리의 불꽃을 피워라

한 작은 마을에서 기독교인들과 유태인들 사이에 작은 소동이 벌어졌다. 기독교인들이 예수의 성상을 제막하고 있을 때 한 기독교도와 유태인들 사이에 언쟁이 벌어졌다.

그때 화가 난 유태인 한 사람이 커다란 돌을 들어 상대방을 향해 던졌다. 그런데 공교롭게도 그 돌이 동상을 맞추어 예수의 머리가 떨어지고 말았다. 유태인은 동상을 부술 의사는 없었지만 그렇다고 기독교도에게 사과하고 싶지도 않았다. 그래서 그는 소리쳤다.

"저것 봐. 만일 저 동상이 모세였다면 고개를 숙여 돌을 피했을 거야."

곤경에 처하게 되면 인간은 그 상황을 벗어나기 위해 어떤 방법을 찾게 마련이다. 그런데 그 행위에 있어서 언제부터인가 선악을 가리지 않게 되었다. 자신의 이익을 위한 것이라면 물불을 가리지 않는다. 이것이 점차 뿌리 깊은 병이 되어 사람들은 자신의 참된 이성을 완전히 잊어버리게 되었다.

그런데 사람들은 이런 자신의 병을 스스로 용납하려 하지 않는다. 누구보다도 자신을 건강한 인간이라고 믿으려 하는 것이다. 이렇게 해서 거짓이 진실의 가면을 쓰게 되었다.

그대는 자신을 방어하려면 할수록 더욱 더 많은 거짓말을 하게 된다. 만일 그대가 자신을 정직한 눈으로 바라본다면 거짓투성이의 실체를 발견할 수 있을 것이다. 그렇기 때문에 사람들은 의식적으로 자신을 외면한다.

그대는 자신의 내면으로 들어갈 수가 없다. 그렇게 살아온 자신의 진실이 두렵기 때문이다. 그리하여 소크라테스는 '너 자신을 알라' 라고 말하였다. 우파니샤드에서는 '내면을 들여다 보라' 라고 말하였다.

만일 그대가 의식적으로 살기 시작한다면 자신이 삶에 있어 얼마나 많은 합리화의 도가니에 갇혀 있었는지를 깨닫게 될 것이다. 그대의 세월은 합리화 외에는 아무 것도 없었다.

진실로 진리를 추구하는 자는 이 모든 합리화를 떨쳐버려야 한다. 합리화란 겉보기에는 그럴듯한 이유 같지만 사실은 전혀 그렇지 않다.

그대는 상사가 호통을 쳐도 아무런 화를 낼 수 없다. 그 자리에서 분노를 꾹 눌러 참고 멍청한 미소를 지어야만 한다. 속마음으로는 주먹을 날려 그를 쓰러트리고 싶겠지만 말이다.

그리하여 분을 품은 채 집에 돌아온 그대는 무의식적으로 그것을 해소할 구실을 찾게 된다. 아이들이 노래하고 떠들면 그대는 버럭 소리를 지른다. 그리하여 자신의 화가 아이들 탓인 양 합리화해 버린다. 또 식사를 하면서 아내에게 음식투정을 한다. 오로지 구실을 찾기 위해 그대는 집중하고 있다. 그 화의 근원은 마음 구석에 철저하게 감추어 둔 채…….

그대가 진실로 현명한 삶을 살고자 한다면 그 모든 합리화를 던져 버려라. 그런 속임수로는 자신을 찾아갈 수 없다. 거울처럼 맑았던 어린이의 가슴으로 돌아갈 수 없다.

그대여. 자신을 설득하고 위장하기 위해 만들어냈던 그 많은 방법들을 화형시켜라. 그리고 자신의 분노가 무엇 때문인가를 분명하게 고백하라. 아이들과 아내에게 이렇게 말하라.

"애들아. 나는 몹시 화가 나 있단다. 그러니 너희들이 나를 좀 도와주렴."

"여보. 나는 지금 폭발할 것만 같은 기분이야. 어떻게 이 기분을 어떻게 해소할 방법이 없겠소?"

이런 솔직한 말이 자신을 엉뚱한 합리화 속에 몰고 가는 것보다는 훨씬 더 의식적인 행동이다.

자신이 지금 합리화를 하고 있다는 사실을 깨달으면 어색하더라도 당장 멈추어라. 그대의 웃음이 가식이라고 느끼면 즉시 멈추고 상대방에게 고백하라.

"금방 내 미소는 가식이었어."

그렇다면 상대방은 그대에게 깊은 믿음을 가질 것이다. 믿음이나 사랑이 어찌 가식으로 이루어질 수 있겠는가. 참다운 마음을 보여 주어라. 그것은 초라한 항복이 아니라 진실한 패배이다. 완전한 자신의 승리이다.

이렇듯 오랜 세월 몸에 밴 합리화를 떨쳐 버리기 위해서는 약간의 용기와 시간, 그리고 인내가 필요하다. 그리하여 합리화가 사라지면

일시적으로 그대는 취약해진다. 그것은 커다란 힘처럼 존재했던 거짓의 장벽이 사라졌기 때문이다. 하지만 그뿐이다. 그대의 가슴은 거짓말처럼 열리고 참다운 삶으로 돌아갈 수 있게 된 것이다.

안개가 걷히면 햇빛이 대지를 비춘다. 거짓을 떨쳐버리면 진실은 자연히 모습을 드러낸다. 그것은 그대 안에 이미 진실의 불꽃이 밝게 타오르고 있었기 때문이다.

합리화의 장벽은 그 동안 그대의 본질을 가두고 있었다. 그러므로 그 벽을 부수면 환한 빛이 쏟아질 것이다.

어느 누구도 그 벽을 대신 무너뜨려 줄 수 없다. 오직 그대 자신의 힘으로 해야만 한다. 그것은 히말라야의 성스러운 산이나 신을 경배하는 성당을 통해서도 아니고 베다나 성경, 코란을 통해서도 아니다. 오직 그대 자신의 참다운 용기만이 그 일을 할 수 있다.

완벽이란 없다.
꾸준히 자신을 아름답게 가꾸어라

한 남자가 평생 동안 세계의 이곳저곳을 여행하였다. 그의 목표는 완벽한 여자를 만나 결혼하는 것이었다. 하지만 그는 오랜 세월이 흐른 뒤에 지치고 늙어빠진 모습으로 고향에 돌아왔다. 그의 친구가 혀를 차며 물었다.

"자네는 일생 동안 헛수고를 한 셈이 되었군. 그래 전 세계에 그렇게도 완벽한 여자가 없더란 말인가?"

이 말에 그는 힘없는 목소리로 대답했다.

"아냐. 나는 최근에 완벽한 여자를 한 명 만난 적이 있다네."

친구는 깜짝 놀랐다.

"정말인가? 그래서 자네는 그녀와 결혼을 했나?"

그러자 그는 슬픈 표정으로 말했다.

"그럴 수 없었네. 그녀는 완벽한 남자를 찾고 있더군. 그래서 아무 일도 없이 헤어지고 말았네."

사람들은 도가의 게으르고 무책임한 무위 사상 때문에 나쁜 습관을 합리화한다고 여기는 듯하다. 그러나 결코 그렇지 않다. 무위 사상이란 게으르고 무책임한 사상이 아니다.

설령 그렇다 할지라도 게으른 사람은 남에게 어떤 해도 끼치지 않는다는 점을 명심하라. 그는 선도 행하지 못하지만 악도 행하지 않는다. 그러기에 그는 결코 위험한 존재가 아니다. 다만 그가 놓치는 것은 자신의 영적 성장일 뿐이다.

실제로 우리가 경원해야 할 존재는 에고이스트들이다. 그들은 영적이기를 원하는 자, 특별하기를 원하는 자, 부처가 되고자 하는 자들이다.

그들은 실로 위험하다. 게으름이 감기라면 에고는 암과 같다. 만일 그대가 그 중 하나를 선택해야 한다면 감기를 앓는 편이 훨씬 낫다. 그것은 절대로 그대를 해치지 않기 때문이다.

게으름은 행동에 사로잡혀 있는 것보다 좋은 습관이다. 그는 지극히 정상적인 인간이다. 보라, 그대가 노자를 만나거나 디오게네스를 만나면 몹시 게으른 사람이라고 여기게 될 것이다. 그대는 그들에게 부지런한 어떤 일을 시킬는지도 모른다. 하지만 그와 같은 행동에 사로잡힌 사람은 미친 사람이다.

에고이스트들은 자신이 거룩한 일을 하고 있다고 생각한다. 때문에 자신의 생각에 따르지 않는 사람들을 만나면 격렬하게 비난하고 그로써 자기 위안을 삼는다.

이런 태도로는 그 누구도 사랑할 수 없다. 인간은 허점을 가진 존재이다. 그러므로 그대가 누군가를 사랑하고 있다면 그의 약점까지도 감싸안아야만 한다.

그대는 결코 완벽한 인간을 만날 수 없다. 그것은 신의 뜻과도 배치된다. 인간은 완벽해지는 순간 죽고 만다. 살아있는 인간은 결코 완벽하지 않다. 그러므로 그대여. 완전한 사람을 꿈꾸지 말라. 전체적인 사람이 되어라.

　완벽을 추구하는 사람은 이렇게 말한다. '화내지 말라. 질투하지 말라. 욕심을 갖지 말라.' 그러나 전체적인 인간은 이렇게 말한다. '만일 화가 난다면 전체적으로 화를 내라. 사랑하고 있다면 전체적으로 사랑하라. 슬프면 전체적으로 슬퍼하라.'

　여기에서는 아무 것도 부인되지 않는다. 그대의 전체에서 편견만을 떨쳐버리면 된다. 그래야만 인간은 아름다워진다. 전체적인 인간은 아름답다. 반대로 완벽한 인간은 이미 죽은 시체에 불과한 것이다.

　우리들에게는 아름다운 사람이 필요하다. 꽃을 피우고 물이 흐르듯 생기 넘친 사람들이 필요하다. 물론 그들도 이따금 슬플 때가 있을 것이다. 그러나 슬픔에게 무슨 잘못이 있단 말인가? 그들은 이따금 화도 낼 것이다. 하지만 분노에게 무슨 잘못이 있단 말인가? 그것은 단지 그대가 살아있음을 보여주는 작은 증거일 뿐이다.

　그대는 종종 싸우다가 화해한다. 날씨처럼 그대는 매일같이 변화한다. 하늘에서는 구름과 비와 햇빛이 어우러진다. 또 추위가 있고 더위가 있으며 태풍이 있고 산들바람이 있다.

　진실한 인간은 그의 존재 속에 이처럼 다양한 모습을 표현한다. 그것은 전체적으로 아름답다. 그런 인간은 아름답다.

욕망의 걸음을 멈추어라:
그 길은 지옥으로 이어진다

한 유부녀가 젊은 남자와 사랑에 빠졌다. 그 남자는 그녀와 육체적인 관계를 맺고 싶어했다. 하지만 유태인인 그녀는 그 제의를 거절하며 이렇게 말했다.

"안돼요. 저는 율법에 어긋나는 짓은 할 수가 없어요."

그러자 남자가 소리쳤다.

"그게 어쨌다는 겁니까? 그 외에도 아홉 가지나 남아 있는데……."

인간의 욕망은 만족을 모른다. 그것은 멀리 있는 지평선과도 같다. 아무리 그 끝을 향하여 걸어가도 원하는 지점과 만날 수가 없다. 그것은 변함없는 인간과 욕망의 거리이다.

그것은 또한 미래로 달려가는 그대의 마음이다. 사념에 의해 그려진 욕망은 언제나 미래 지향적이다. 그것은 야망이며 꿈이며 빛나는 환상이다. 그러므로 그것은 어떤 경우에도 충족되어지지 않는다. 마치 지평선이 땅과 하늘이 실제로 맞닿아 있지 않은 것처럼…….

맹자는 노년에 이렇게 말했다.

"인생을 다시 살 수 있다면 나는 필요한 것에 관심을 많이 쏟을 것이다. 그리고 나의 욕망에는 덜 관심을 쏟겠다."

필요란 무엇인가. 목이 마르면 물을 마시는 것이다. 배가 고프면 식사를 하고 졸리면 잠을 자고 사랑을 하고 싶으면 사랑을 하는 것이다. 그것은 얼마나 자연스러운가. 얼마나 아름다운가.

그런데 사람들은 정작 자신에게 필요한 것을 행하는 사람들을 비난한다. 먹고 마시고 잠자는 데 인생을 낭비한다고, 주어진 시간이 다 저물어 가는데 그대는 목표를 잊고 있다고…….

그들은 욕망을 향해 달리는 전차와 같다. 자크의 콩나무처럼 하늘을 향하여 끝없이 솟구치고 있는 것이다. 이것이 바로 인간의 불행이다.

장자는 말했다. '필요는 아름답고 욕망은 추하다.'라고. 그대여, 그러므로 필요에 따라 살라. 욕망에 따라 살지 말라. 삶이 필요로 하는 것을 받아들여라. 나뭇가지의 새들처럼 노래하고 독수리처럼 창공을 날며, 비둘기처럼 먹이를 쪼아라. 그 안에 그대의 행복이 있다.

필요를 따르라. 필요에 몰입하라. 천국은 따로 있지 않다. 그대의 오늘이 바로 천국이다. 보이지 않는 천국을 향하여 달려가는 바보가 되지 말라. 서두르지 말라. 그대는 누군가 그 종착역에 도달했다는 어떤 메시지도 들어보지 못하였다.

걸음을 멈추어라. 부처나 예수, 장자는 자신의 걸음을 멈춤으로써 도달했다. 바로 자신의 내면에 있는 깨달음에. 그러므로 그대가 가야 할 곳은 지평선이 아니다. 욕망의 끝이 아니다. 바로 자신에게 궁극이 있다는 확신인 것이다.

울타리에서 벗어나라.
좁은 우물에서 빠져 나와라

한 세일즈맨이 미국 남부에 있는 작은 마을에 들렀다가 해가 저물자 근처의 호텔에 투숙했다. 그런데 방에 들어가 보니 모기들이 너무나 많았다. 룸 서비스에서는 모기장이나 모기약도 준비해 주지 않았다. 그가 화가 나서 달려가 항의하자 데스크는 이렇게 말했다.

"저희들은 도와드릴 수 없습니다. 다만 이 호텔의 주인이신 클래터 본 대령의 모기 퇴치 방법을 알려드릴 수 있습니다."

"그래요. 그 사람은 모기장도 없이 이런 방에서 잘 수 있단 말이군요?"

"그렇습니다. 그 분은 술을 잔뜩 마시고 잠자리에 듭니다. 그러면 처음에는 술에 취해 모기가 물어뜯어도 전혀 의식하지 못합니다. 그러다가 나중에는 모기들이 취해서 대령을 의식하지 못하는 거죠."

그대는 우물 안의 개구리이다. 굳건한 울타리가 쳐진 그 안에서 그대는 스스로 갇혀 있는 줄도 모르고 있다. 자신도 모르게 한 세계에 길들여져 있는 것이다.

그대의 삶, 그대의 사회, 그대의 주변 사람들, 그 모든 것들이 하나의 그물처럼 얽혀 그대의 마음, 그대의 행동, 그대의 전체를 조종하고 있다. 그러기에 그대는 바다로 나아가지 못한다. 우물 속의 하늘만을 쳐다보며 그것이 주어진 최고의 것이라고 믿고 있다.

진리를 찾는 사람은 이런 울타리를 보지 않는 사람이다. 자신을 에워싼 수많은 조건들을 버리고 완전히 자신의 옷을 벗는 사람이다. 그대여. 인간이니 종교, 신 따위의 집착을 벗어라. 감겨진 눈으로는 결코 울타리를 뛰어넘지 못한다.

그대는 과녁을 정조준해야만 한다. 여태까지 배운 잡다한 이론들은 그대에게 아무런 도움을 주지 못한다. 과학에 머리가 필요하고 예술에 가슴이 필요하다면 그대에게는 지금 존재 전체가 가장 필요하다. 메마른 이론이나 허구에 매어있지 말라. 그것만으로는 마음의 감옥을 탈출할 수 없다. 그대는 우주와 맞닿아 있는 질긴 동아줄을 움켜쥐어야만 한다.

세 남자가 카페에서 여성의 매력에 대하여 이야기하고 있었다. 한 남자가 말했다.

"여성의 아름다움은 맑고 깊은 눈에 있지."

다른 한 남자가 말했다.

"여성의 매력은 몸매에 있어. 그 신비한 굴곡에 우주의 온갖 메시지가 다 들어있는 거야."

그러자 또 다른 남자가 진지한 표정으로 말했다.

"다들 옳은 말이지만 그게 전부는 아냐. 진정한 여성의 매력은 미소에 있어. 아름다운 미인이 던지는 미소, 그것이야말로 여성미의 전부를 말해주는 것이거든."

그때 옆자리에 앉아있던 한 늙은 여인이 그들의 대화를 엿듣고는 코웃음을 치며 그들에게 물었다.

"이 미련한 양반들아. 나를 좀 봐요. 나의 맑고 깊은 눈과 날씬한 몸매를, 이런 내가 당신들에게 미소를 지으면 매력적일 것 같아요?"

그녀가 주장하는 여성의 매력은
무엇이었을까?

그것은 바로 젊음이었다. 젊음이 여성미의 시작이요 끝이라는 것. 이런 해답은 머리로 알 수 있는 것이 아니다. 바로 직관으로 터득한 존재 전체의 이해인 것이다. 주변을 맴돌지 마라. 우물에서 뛰쳐 나오라.

원인 없는 결과란 없다.
바로 그대가 증거이다

한 목사가 매우 반항적인 한 청년을 순화시키기 위해 이렇게 말했다.
"여보게. 잘 들어보게. 두 형제가 있었는데 한 명은 법률을 잘 지켜 변호사가 되었고, 또 한 사람은 너무나 반항적이어서 범죄자가 되었다네. 죄를 지은 동생은 지금까지도 감옥에 갇혀 있네. 자네는 이 이야기를 듣고 뭔가 느끼는 점이 없나?"
그러자 청년이 대답했다.
"목사님, 거기에 대해 제가 말할 수 있는 것은 단 한 가지뿐입니다. 한 명은 붙잡혔고 다른 한 명은 아직 붙잡히지 않았다는 것이지요."

누구나 젊은 시절에는 반항한다. 젊은이들은 누구의 말에도 귀기울이려 하지 않는다. 온 세상의 아름다움이 그의 수중에만 들어있고 그 누구도 그를 뛰어넘을 수 없다. 하지만 이렇게 끓어 넘치는 의식은 가다듬고 유연해져야만 한다. 그렇지 않으면 언제까지나 그 허상에 매여 언제까지나 앞으로 나아가지 못하는 존재로 전락하고 만다.

그런 사람은 아무리 자신의 겸손을 다짐할지라도 내면에서는 자신이 누구보다도 뛰어나다고 자만하곤 한다. 때문에 누군가 그에게서 별 볼 일 없는 뭔가를 발견하였을지라도 그에게 이렇게 말하는 것은 그의 분노를 사기 십상이다.

"당신에게선 정말 배울 것이 없군요."

그때부터 그 사람은 상대방의 철천지원수가 된다. 그의 마음은 홍수로 불어난 황하와 같아서 걷잡을 수 없는 에고가 그의 전체를 지배하고 있기 때문이다.

그는 허상을 가지고 살아가는 사람이다. 그에게 그 허상을 이야기해 주는 순간 그는 자신이 아무 것도 가진 게 없음을 깨닫는다. 그 아무 것도 가진 것이 없음에 그는 분개하고 부정한다. 그리하여 끝도 모르는 욕망의 물결 속에 스스로를 던져 버리는 것이다.

그는 바다를 모르는 개구리이다. 누구도 그보다 클 수 없고 높을 수 없으며 깨달을 수 없다. 어떤 현인이 전심을 기울여 드넓은 바다의 이야기를 들려주어도 결코 이해하려 하지 않는다.

바다에 사는 개구리가 우물에 사는 개구리를 찾아갔다. 우물 개구리가 물었다.

"바다가 뭐지? 이 우물보다 큰 곳인가?"

"물론이지. 너무나도 커서 비교할 수조차 없어."

이 말에 기분이 상한 우물 개구리가 우물 높이의 절반쯤을 뛰면서 물었다.

"이 정도만큼 크다는 거냐?"

"아니."

우물 개구리는 다시 한번 우물 높이만큼 훌쩍 뛰었다.

"이만큼 된다는 거야?"

"아직 멀었어."

그러자 우물 개구리는 화가 나서 소리쳤다.

"썩 꺼져. 이 사기꾼아. 너는 나를 속일 수 없어."

이 말에 바다 개구리가 탄식하며 이렇게 기도했다.

"신이여. 이 개구리를 용서하소서. 그는 자신이 하고 있는 말을 알지 못하나이다."

우물 안의 개구리는 우물 이외의 크기를 부정한다. 그는 개구리이다. 그는 자신의 창이 너무나도 좁다는 사실을 전혀 깨닫지 못하고 있다. 하지만 황하의 홍수는 언제까지나 계속되지 않는다. 뜨거운 태양에 강바닥이 드러나고 그 누구도 막을 수 없을 것처럼 보이던 물결은 온데간데없이 사라져버린다.

그때가 되면 그는 세상에 대하여 왜 자신을 속였느냐고 원망하기 시작한다. 누구도 그를 속이지 않았다. 그러나 그는 자신의 내면에서 일어난 에고를 긍정하지 못한다. 그리하여 끝없이 원망하며 최후의 호흡을 헐떡이게 되는 것이다.

부처는 말했다. 만일 늙어서도 젊었을 때처럼 행복한 사람이 있다면 그에게 엎드려 절하라고. 그리고 그의 말에 귀 기울이고 배우라고. 그대여, 깨달은 사람의 말을 들어라.

젊다는 것만으로 행복은 충족되지 않는다. 그것은 내면에서 온 것이 아니라 황하의 강물처럼 외부에서 폭포수처럼 밀려들어온 것이다. 그러기에 그것은 결코 오래 지탱할 수 없다.

그는 환상 속에서 행복하였고 노년에는 그 환상으로 불행하다. 삶은 추수와도 같다. 뜨거운 여름 맺어지는 것이 없다면 가을에 거둘 것이 없고 겨울을 따스하게 날 수 없다.

젊은 날 매운 한기를 느낀 사람만이 나이 들어 행복해질 수 있는 것이다. 오직 그런 준비를 가진 사람들이 행복을 넘어 환희의 오르가즘을 느낄 수 있다. 그들은 흔들림 없는 자연의 조화를 알고 있기 때문이다.

인생은 수레바퀴와 같다. 원인에 의해서 생겨난 것은 영원하지 않다. 원인이 있으면 결과가 있는 것. 그러므로 원인이 사라지면 결과도 사라진다. 원인 없이 존재하는 것만이 영원하다.

진정한 만족은 그대 자신에게서 온다

한 초등학교의 과학시간이었다. 선생님이 학생들에게 중력의 힘에 대하여 설명하고 있었다.

"그러니까 우리가 둥근 지구 위에 서 있을 수 있는 것은 다 중력의 법칙 때문이란다."

그러자 한 학생이 일어나서 물었다.

"선생님, 그런 그 중력의 법칙이 통과되기 전에는 사람들이 어떻게 이 지구에 매달려 있었나요?"

그대는 사회 덕분에 존재하는 것이 아니다. 도덕 때문에 존재하는 것이 아니다. 하물며 성경이나 코란 때문에 존재하는 것은 더더욱 아니다. 인간은 어떤 법칙으로 존재하는 것이 아니라 그 자체로 존재하는 것이다.

법칙은 이미 있었고, 삶은 그 법칙을 따른다. 그대의 삶이 서럽고 고달픈 것은 그 법칙에 간섭하기 때문이다. 이미 존재한 법칙이란 곧 자연이며 만물의 본성이다. 그것을 그대는 가로막고 있다. 그리고 통증을 느끼면서도 원망을 그치지 않는다.

문제는 자신이다. 흐르는 물에 거슬러 올라가는 것은 연어의 본성이다. 하지만 인간은 흐르는 물을 거스를 수 없다. 그런데도 인간은 자신이 설치한 어항으로 들어가려 한다. 그리하여 자꾸만 좁아져 마침내 뒤돌아 설 수 없는 위치에까지 이른다. 그곳이 곧 그대의 무덤이다.

어린이의 옷을 입어라. 어린이의 삶으로 돌아가라. 모든 아이들은 아름답다. 그들은 의식하지 않는다. 물처럼 자유스럽게 표현하고 미소짓는다. 이런 자연스러움이 곧 아름다움이다. 그들은 살아있고 행동적이다. 뛰어다니고 춤을 춘다.

왜 이런 아름다움이 자라나면 추한 어른이 되고 마는가. 그것은 훈련 때문이다. 아이는 대소변 가리는 법을 배우고 밤에 일찍 자는 규칙에 따라야 한다. 배가 고프지 않은 데도 시간이 되면 먹어야만 한다. 그렇지 않으면 가정에서, 학교에서, 사회에서 용납하지 않는 것이다. 이것이 삶의 비극이며 또한 반드시 극복해야만 하는 그대의 현실이다.

물라 나스루딘이 일을 하고 한달치의 봉급을 받았다. 그런데 거기에는 10루피 짜리 지폐가 한 장 더 들어있었다. 아마 회계원이 계산을 잘못한 모양이었다. 하지만 그는 돌려주지 않았다. 그런데 다음달 봉급에는 10루피가 부족했다. 그는 즉각 회계원에게 달려가 항의했다. 그러자 회계원이 말했다.

"여보게. 자네는 지난 달에 10루피가 더 갔을 때는 아무 말도 안 하더니 지금 10루피가 덜 갔다고 따지다니 부끄럽지도 않은가?"

그러자 뮬라 나스루딘이 얼굴을 붉히며 소리쳤다.

"이것 보시오. 실수는 한번으로 족해요. 그런데 당신은 벌써 두 번째나 실수를 했소. 나는 그 점이 불만이란 말이오."

세상은 늘 이런 식이다. 때문에 아이들은 점차 위선에 익숙해져간다. 부자연스러운 온갖 규칙 속에 거울은 더럽혀지고 마는 것이다. 그리하여 그의 삶은 그런 규칙을 강요하는 다른 사람들과 마찬가지로 고달픈 여정이 되고 만다.

이런 삶의 방식을 그 뿌리에서부터 변화시킬 준비가 되었을 때, 그때에 비로소 그대는 살아있는 존재로 나아갈 수 있다. 진정한 삶을 산다는 것은 법칙을 버리는 것이다. 어린이의 순수한 가슴으로 되돌아가는 것이다.

진정한 만족, 진정한 부유는 사회가 아니라 본성에서부터 온다. 그대가 인식하지 않는 그 길이 그대 안에 있다는 말이다. 세상의 기준은 그대의 것이 아니다. 자신의 길을 걸어가라. 자신의 집으로 들어가라.

꼴찌에 서라. 선두는 제일 먼저 정상에서 내려와야 한다

한 의사가 타고난 능력과 인품을 인정받아 의학협회 회장에 추대되었다. 성대한 축하연이 열린 날 그는 의외로 슬픈 표정을 짓고 있었다. 의아하게 생각한 한 친구가 그에게 물었다.

"이봐. 오늘같이 좋은 날 어쩐 일인가?"

그러자 그 의사는 이렇게 말했다.

"내 꿈은 의사가 아니었다네. 이제 원치않던 분야에서 최고가 되었으니 자유롭게 떠날 수도 없게 되었어. 차라리 실패한 의사가 되었으면 좋았으련만……."

이 말에 친구는 고개를 갸우뚱하며 말했다.

"이봐. 자네는 오늘 의사라면 모두가 선망하는 자리에 오른 거야. 보라구. 자네 가족이나 친지들이 얼마나 기뻐하고 있는지. 모두가 자네를 존경 어린 눈으로 쳐다보고 있지 않나?"

"그게 문제라네. 나의 꿈은 원래 화가였어. 하지만 부모님의 반대를 무릅쓸 용기가 내게는 없었지. 나는 오늘 가장 유명한 의사가 되었지만 반대로 가장 불쌍한 화가 지망생이 되어버렸네.

　남이 칭찬할 때 그대는 경계해야만 한다. 그대는 위기에 빠진 것이다. 남이 그대의 성공에 대하여 찬사를 늘어놓을 때 조심하라. 그들은 그대를 패배시키기 위해 음모를 꾸미고 있다.

　보라. 그대 이전에도 칭찬 받았던 사람이 있었다. 그대보다 먼저 성공한 사람이 있었다. 그들은 어디로 갔는가. 누군가 그들을 내쫓고 그 자리에 그대를 앉힌 것처럼 그대도 마침내 쫓겨나고 말 것이다.

　장자는 그대에게 꼴찌에 서라고 말한다. 산에 오르면 내려와야 한다. 하지만 평지에 있으면 더 이상 내려 갈 곳이 없다. 누구도 그대를 끌어내릴 수 없다.

　앞줄에 서려고 하지 말라. 뒤에 선 사람의 눈빛이 그대의 후방에 날카롭게 꽂히고 있다. 모든 것은 항상 동전의 양면성을 가지고 있는 것이다.

　우리 주위의 수많은 정치인들을 보라. 그들은 정상에 오르기 위해, 그리고 그 자리를 지키기 위해 온갖 권모술수를 행하지만 시간이 지나면 강제로 끌어내려진다.

　감옥에 갇히고 여론에 갇힌다. 이것은 그들의 잘못이 아니다. 순리이다. 아무리 주변의 기대를 만족시키고 박수를 받은 사람일지라도 이 거대한 진리의 벽을 허물지 못했다.

이러한 악순환을 피하려면 그대는 항상 뒤편에 서 있는 관객이 되어야 한다. 흥행사가 되어서는 안 된다. 비록 그들이 그대를 배신자, 반역자, 기회주의자라고 부르며 욕설을 퍼붓더라도 그냥 놓아두어라.

그들 마음대로 생각하게 하라. 그들이 화가 나서 그대를 십자가에 매달지라도 그냥 놔두어라. 오로지 자신에게 진실하면 된다. 예수가 그러했고 소크라테스가 그러했다. 그들은 본성을 따라갔다. 오로지 자신에게 충실했던 것이다.

초연한 그대를 아무도 흔들 수 없다. 그들이 그대의 뿌리를 통째로 뽑아낼 수는 없다. 단지 썩어서 거름이 될 나뭇가지를 흔드는 미풍일 뿐이다.

신은 의심의
반대 방향에 서 있다. 고개를 돌려라

로이드 조지가 영국 수상일 때 전쟁이 발발하였다. 때문에 저녁 6시만 되면 통금이 실시되었다. 해가 지면 불을 켜서도 안 되었다. 그런데 어느 날 로이드 조지 수상은 평소 습관대로 저녁 산책을 하다가 깜박 잊고 6시를 넘겨버렸다. 공원에서 경보 사이렌 소리를 들은 그는 허둥지둥 가까운 건물을 찾아가 통사정했다.

"여보시오. 나는 로이드 조지 수상인데, 오늘밤을 여기서 보낼 수 있도록 허락해 주시겠소."

그러자 문을 열고 나온 집주인은 입꼬리에 미소를 흘리며 말했다.

"정말 잘 찾아 왔구먼. 이곳이야말로 자네 같은 사람이 머물러야 할 장소라네. 여기에는 이미 로이드 조지 수상이 세 사람이나 있다네."

그 건물은 정신 병원이었다.

그대의 야심은 결코 그대를 신에게 인도하지 않는다. 야심은 열등감에 다름 아니기 때문이다. 인간의 마음은 열등감을 느낄 때마다 더 아름다워지려고 노력한다.

못생긴 여성들은 자신을 감추기 위해 짙은 화장과 멋진 옷을 찾는다. 하지만 진정으로 아름다운 여성들은 그 미모를 의식하지 않는다. 의식적이 되면 추해진다.

여기 두 가지 길이 있다. 하나는 정신병자가 되는 길이다. 또 하나의 길은 정치가가 되는 길이다. 우월한 인물이 되는 두 가지의 길, 하나는 지름길이며, 또 하나는 우회로이다. 하지만 명심하라. 정신병자는 자신의 우월성을 주장할 뿐이지만 정치가는 그것을 증명하려고 갖은 수단을 다 동원한다. 히틀러가 그랬고, 스탈린이 그랬다.

그러므로 그대여. 진실로 종교적인 인간이 되어라. 그들은 근본적으로 야심이 없는 인간이다. 들판에 피어난 꽃을 보라. 그들이 누구와 비교하는가. 그들이 무엇을 뽐내는가. 그들은 단순히 존재할 뿐이다.

종교적인 인간은 비교하지 않는다. 단지 그들의 신성을 경험할 뿐이다. 그는 존재한다. 그것은 증명할 필요조차 없다. 있는 그대로 충분하기 때문이다.

바로 보라. 그대는 이미 우월하다. 그리고 모든 것이 우월하다. 모든 존재가 우월하다.

어두운 밤에 철학자와 신비가가 깊은 산 속에서 길을 잃고 이리저리 방황하고 있었다. 한 사람은 의심의 사람, 한 사람은 믿음의 사람인 셈이었다. 주위는 너무나도 캄캄해서 아무 것도 보이지 않았다.

그때 갑자기 하늘에 구름이 몰려오더니 커다란 뇌성과 함께 번개가 내리쳤다. 그 순간 철학자는 놀라 하늘을 쳐다보았고 신비가는 땅을 쳐다보았다. 그 후 철학자는 여전히 길을 찾지 못해 방황했지만 신비가는 빛이 퍼지는 순간에 길을 찾아내 무사히 집으로 돌아왔다.

의심을 통해 그대는 철학자가 될 수 있다. 하지만 믿음을 통하면 그대는 깨달은 이가 될 수 있다. 불사조가 될 수 있다. 영원의 집으로 들어갈 수 있다.

그대여. 번개는 계속되지 않는다. 그것은 영원이 시간 속으로 스며들어가는 매우 드문 찰나이다. 그때 그대는 번개를 보지 말라. 길을 보라. 부처를 보지 말라. 장자를 보지 말라.

그 매혹의 얼굴들을 결코 쳐다보지 말라. 그대가 고개를 들어 그 얼굴을 바라보면 그대는 영원히 길을 찾을 수 없게 된다. 길을 보라.

모든 일에는 처음이 있다.
그대여, 시작하는 사람이 되라

정신분석학의 대가인 프로이드가 죽기 얼마 전의 일이다. 전세계에서 활약하고 있던 그의 수제자들이 그와 만찬을 함께 하기 위해 모였다. 그런데 식사 도중 그들 사이에서 프로이드가 제창했던 어떤 이론에 대하여 열띤 토론이 벌어졌다.

그들은 스승이 한자리에 있다는 것조차 잊고 심각한 논쟁을 벌이기 시작했다. 거기에는 수많은 긍정과 부정, 부수적인 논리와 논박이 잇달았다. 그리하여 모처럼의 회합은 난장판이 되었다. 이를 보다 못한 프로이드가 식탁을 치고 일어나며 소리쳤다.

"그만두지 못하겠나. 너희들이 갑론을박하고 있는 이론을 창안한 사람이 바로 여기 시퍼렇게 두 눈 뜨고 살아있어. 오늘과 같은 소동을 보아하니 내가 죽은 다음 일이 짐작하고도 남겠다. 벌써 내 이론에 스무 가지의 해석이 등장했다. 그렇다면 얼마 안가 이백, 이천 가지 해석이 등장하겠구먼. 그때면 이미 나는 죽었을 테니까 너희들은 그 이론의 진정한 의미도 묻지 못할 것이고……."

그대의 삶에는 온갖 유령들이 들끓고 있다. 그들은 그대의 어떠한 질문에도 대답할 준비가 되어 있다. 설사 그들이 알지 못하는 문제일지라도……. 그러나 명심하라. 삶은 순간순간 변화하는 것이어서 결코 과거로부터 해답을 구할 수 없다.

그대의 곁을 둘러 보라. 성경, 베다, 코란, 그리고 온갖 잡동사니 철학 서적이며 전기들……. 그대는 왜 그들에게 매달리고 귀 기울이는가. 그대는 그들과 전혀 다른 새로운 인간 존재이다. 허상에 매달리지 말라. 시간은 허상의 제조 공장이다.

사람들은 자신과 똑같은 인간 존재에 대해서는 질문을 하려 하지 않는다. 왜냐하면 자신과 똑같이 늙고 병들며 죽음을 기다리는 사람이 깨달음을 얻었다는 것을 믿을 수 없기 때문이다.

겉으로는 아무리 고개를 숙인다 할지라도 내면의 깊은 곳에서는 의혹의 씨앗이 자라고 있는 것이다. 그러나 시간의 허상은 죽은 자를 황금빛 관에 누이고 경배하게 한다. 십자가에 못 박힌 사람이나 히말라야 정상에서 독수리의 먹이가 된 사람이나 그대에게는 가까이 할 수 없는 신성함으로 다가선다. 한 존재가 죽음에 떠밀려간 이후 그대는 그에게 어떤 특성을 부여하는 것이다.

하지만 그들에게 남겨진 경전이란 하나의 거울 이외에 아무 것도 아니다. 인간의 마음은 교활하기 그지없어 자신의 생각에 배치되는 내용은 쉽게 외면한다. 설사 깊이 이해한다 할지라도 그것은 대숲을 스치는 바람처럼 곧 잊어버린다. 그는 자신의 해석 외에는 관심조차 없다. 그것은 유령들의 이야기이기 때문이다.

그들의 삶과 같이 하고 싶다면 그대가 죽어라. 그대가 더 이상 존재하지 않을 때, 그대의 에고가 완전히 사멸하였을 때 유령은 더 이상 유령이 아니다. 그는 살아있는 스승으로서 그대의 가슴에 파고들 것이다. 그 생생한 영혼과 함께 그들의 깨달음을 진정으로 이해하게 되는 것이다.

스승은 존재한다. 그는 그대의 눈앞에 살아있어야 한다. 그러므로 그대조차 열려있지 않으면 안 된다. 그대가 두려워하고 문을 닫는다면 아무도 그대의 문을 두드리지 않는다. 두드려라. 결코 열리지 않는다. 두드리기 전에 안에 있는 그대가 문을 열어라. 스승은 밖에 있다.

티베트의 한 라마승이 천 살이나 먹었다는 소문을 듣고 한 영국인이 비행기를 타고 날아왔다. 그는 인간이 천년이나 살 수 있다는 것이 믿어지지 않았다. 그런데 실제로 그 라마승을 보니 쉰 살도 안 되어 보였다. 그래서 영국인은 그의 제자에게 물었다.

"저 스님이 정말 천 살이나 먹었습니까?"

그러자 그 제자는 아무렇지도 않은 듯이 대답했다.

"글쎄요. 저는 알 수 없습니다. 왜냐하면 제가 스승님을 모신 것이 겨우 삼 백년 밖에 되지 않았으니까요."

오래된 것이 권위가 있다면 지혜는 아무런 쓸모가 없다. 하지만 백 살이 넘은 노인보다 어린아이들이 더 지혜로울 때가 있다. 그렇다면 늙었다는 것만이 어떤 가치를 지녔다고 할 수 없는 것이다.

보라. 신은 실수하지 않는다. 신은 세상에서 늙은 사람을 내보내고 그 뒤를 이을 아이들을 만들어낸다. 이렇듯 신은 새로운 것을 찾는데 사람들은 낡은 것을 믿는다. 숲을 푸르게 하는 것은 새로운 잎 새이지 낙엽이 아니다.

보라. 신은 영원히 젊고 신선한 것을 찾는다. 그가 어떤 방식으로 세상을 이끌어 가는가.

그의 방식을 음미해 보라. 세상은 한 순간도 똑같은 상황을 연출해 내지 않는다. 오늘 아침 그대가 본 흰 구름은 다시 나타날 수 없다. 내일 아침이면 우주 전체가 달라지기 때문이다. 인간의 생각을 버려라. 모든 것은 변화한다.

우리도 신과 함께 시작하는 사람이 되어야만 한다. 삶은 끊임없이 율동하고 파도쳐서 새로운 것을 찾아가야 하는 것이다. 그러므로 그대여. 죽은 것에 매달리지 말라. 살아있는 것을 찾아라. 그때 그대는 시작하는 사람이 된다.

부처를 보라. 나를 보라. 모든 것이 기적이다

부처에게 제자 사로즈가 말했다.

"스승님, 저는 죽음이 두렵습니다."

스승이 물었다.

"사로즈야, 그 이유가 뭐지?"

그러자 그녀의 입에서 아름다운 말이 흘러나왔다.

"제가 두려워하는 것은 죽음 자체가 아닙니다. 여태까지 저는 아무 것도 깨닫지 못했기 때문입니다. 진리를 알지 못하고 세상을 떠난다는 것, 그것이 제 두려움의 원인입니다."

디팡카라는 석가모니가 깨달음을 얻기 삼천 년 전에 존재했던 고대의 부처이다. 그런데 그에 관한 기록은 하나도 남아있지 않다. 단지 석가모니의 기억 속에서만 살아있을 뿐이다. 그가 남긴 경전도 없고 세간에 전설조차 전해지지 않는다.

디팡카라, 그는 아득한 과거의 인물이다. 그러므로 어디에서도 그의 자취는 찾아볼 수 없다. 그는 지워졌다. 그러나 깨달은 이 석가모니가 그를 되살려냈다. 석가모니는 해탈의 경지에 이른 다음 디팡카라에게 감사하였던 것이다. 그 이유가 무엇이었던가. 거기에는 다음과 같은 일화가 있다.

전생에 보잘 것 없는 수행자였던 고타마가 사람들에게 둘러싸여 있는 디팡카라를 찾아가 제자로 받아들여달라고 간청했다. 그러자 디팡카라는 빙긋이 웃으며 이렇게 말했다.

"그대가 내게 배울 수 있는 것은 아무 것도 없다."

진리는 스스로 깨우쳐야 하는 것이지 배울 수 있는 것이 아니다. 그것은 이미 그대의 마음속에 들어있다는 뜻이었다.

우리들의 존재 자체가 곧 진리이다. 그러므로 지식이란 참으로 헛된 것이 아닐 수 없다. 안다는 것은 곧 모르는 것이기 때문이다. 오늘 우리가 알고 있는 지식은 하루 이틀만 지나도 묵은 것이 되고 만다. 그것을 그대로 가지고 있다가는 곰팡이가 피고 말 것이다. 그러므로 그것은 아무 것도 아니다. 단지 진리를 가리는 먹구름일 뿐이다.

그 말에 망치로 머리를 얻어맞은 것같은 충격을 받은 고타마가 디팡카라의 발을 만지며 머리를 조아렸다. 그러자 디팡카라도 그와 마찬가지로 땅바닥에 엎드려 고타마의 발을 만지며 경배하였다. 당시 아직 깨달음이 너무나 부족했던 고타마는 당황하여 물었다.

"어찌하여 저같은 수행자의 발을 만지십니까?"

그러자 디팡카라는 웃으며 대답하였다.

"고타마여, 나는 미치지 않았다. 머지않아 그대는 부처가 될 것이다. 나는 그것을 알고 있다. 깨달은 사람의 눈으로 보면 모두가 깨달은 사람으로 보인다. 나는 오늘 깨달았지만 그대는 내일 깨달을 것이며, 누군가는 모레 깨달을 것이다. 모든 것이 시간의 문제일 뿐이다. 깨달음이란 항상 있는 것이기 때문이다."

고타마가 깨달음을 얻은 것은 그로부터 삼천 년 뒤의 일이었지만 디팡카라는 이미 알고 있었다. 왜냐하면 그는 지식의 구름을 걷고 오직 하나의 진리를 받아들인 부처였던 것이다. 때문에 그의 눈에 선천 후천의 모든 현상이 자연스럽게 비치는 것은 당연했다.

삶이란 미지의 바다에 떠도는 구름과 같다. 그 구름이 어디로 가는지는 누구도 알 수 없다. 그러므로 그런 삶에서 나오는 지식이란 관념일 뿐이다. 내가 내일 어디로 가는지 당신은 모른다. 그런데 누가 나의 앞날을 가르쳐 줄 수 있겠는가.

스승이란 없다. 제자란 없다. 단지 미망을 벗어나게 하는 도움만이 있을 뿐이다. 하지만 이조차도 깨달음을 얻게 되는 날에는 한바탕 꿈으로 남게 될 것이다.

그렇다. 우리가 배울 수 있는 것은 아무 것도 없다. 이미 그대에게는 진리가 주어져 있다. 그것을 그대는 발견해야만 한다.

겸손하라. 죄인들은 겸손하기에 진리를 깨닫는다. 하지만 유식한 사람들은 자신이 구축한 지식의 철옹성 안에서 버티고 있다. 그들의 견고한 자아는 어떤 힘으로도 열리지 않는다.

그들이 애지중지하는 지식이니 경전이니 하는 따위가 다 무엇이란 말인가. 이렇게 사는 법, 저렇게 살아가는 법, 하지만 망집을 버린 사람에게는 그런 원칙이나 경로가 아무런 가치가 없는 것이다.

욕망에서 벗어나라. 미련 없이 버려야만 한다. 순진무구한 본연의 모습만이 그대를 집으로 데려다 줄 것이다.

그대의 집은 어디에 있는가. 천지간을 돌아보라. 그대의 집이 다 그것이다. 몇 평 짜리 좁은 공간이 그대가 영원히 유숙할 자리는 아니다. 죽음이 실어다 주는 고적한 묘지 또한 그대의 집이 아니다. 그런데 그 숱한 욕망의 짐을 지고 어디에 다다르려 그리 서두르는가.

스승은 결코 자신의 길로 당신을 인도하지 못한다. 그는 그대의 길을 알려줄 수 없다. 단지 느낄 뿐이다. 그러므로 그는 창공에 떠 있는 태양과도 같다. 그대는 그 빛을 통하며 기력을 얻고, 그 빛의 그늘에서 길을 찾아야 한다. 그뿐이다.

씨앗은 움을 트고 꽃을 피우는 것은 태양의 가르침이 아니다. 씨앗에 내재되어 있는 능력이다. 그 능력으로 그는 태양의 볕을 쬐고 대지의 자양분을 받아들여 허공에 자신의 존재를 드러내는 것이다.

스승이 이루었다면 그대도 이룰 수 있다. 왜냐하면 그들은 모두 사람이기 때문이다. 같은 에너지를 가지고 있는 사람이기 때문이다.

부처가 수부티에게 물었다.

"수부티여, 그대는 내가 디팡카라에게 배운 것이 있다고 생각하는가?"

그러자 수부티가 대답했다.

"세존이시여, 아닙니다. 결코 그렇지 않습니다."

　석가모니가 수부티에게 물은 것은 자신 역시 그에게 아무 것도 가
르쳐줄 것이 없다는 뜻이다. 그렇다면 왜 석가모니는 깨달음을 얻고
디팡카라에게 감사했는가?

　그 이유는 깨닫고자 하는 아득한 염원이 한 스승을 접하면서 정열
이 되었기 때문이다. 그 열망이 있었기에 그로부터 삼천 년이란 긴
세월 동안 고타마는 부처의 꿈을 실현시킬 수 있었다. 하지만 삼 천
년은 그로서는 짧은 순간이었을 것이다.

어필로그 - 보라.
참다운 종교는 그대 안에 있다

어떤 사람이 부처에게 물었다.

"당신은 왜 기적을 보여주지 않으십니까?"

그러자 부처가 웃으며 말했다.

"그대여 눈을 떠라. 내가 곧 기적이다."

인연을 비껴가지 마라

초 판 제1쇄 발행   1999년 12월 10일
개정판 제1쇄 발행   2003년 6월 17일

엮은이   이상각
펴낸이   이의성
펴낸곳   지혜의 나무

주소   서울시 종로구 관훈동 198 – 16 남도빌딩 3층
전화   02- 730- 2211
팩스   02- 730- 2210

등록번호   제 1- 2492

1999ⓒ 이상각
ISBN   89 – 89182- 14- X   03810